KB262979

청색광의 조건

청색광의 조건

초판 1쇄 인쇄 2025년 12월 23일
초판 1쇄 발행 2026년   1월   7일

지은이 | 심정민
발행인 | 강봉자, 김은경

펴낸곳 | (주)문학수첩
주소 | 경기도 파주시 회동길 503-1(문발동633-4) 출판문화단지
전화 | 031-955-9088(대표번호), 9536(편집부)
팩스 | 031-955-9066
등록 | 1991년 11월 27일 제16-482호

홈페이지 | www.moonhak.co.kr
블로그 | blog.naver.com/moonhak91
이메일 | moonhak@moonhak.co.kr

ISBN 979-11-7383-029-7 03810

* 파본은 구매처에서 바꾸어 드립니다.

청색광의 조건

심정민 지음

문학수첩

태어난 곳으로 돌아가려는 것뿐
이다.

한 발짝씩 바다로 들어가며 생각했다. 아가미도 없는 몸 주
제에 머리끝까지 잠긴 바닷물이 포근했다. 뭍에 있을 때보다
오히려 안정적이었다.

몸을 둥그렇게 만 채로 기다렸다. 이대로 바닥까지 가라앉
기를. 얼마나 그렇게 있었을까. 바닥에 닿기도 전에 숨이 차
오르기 시작했다. 이 구간이 올 것임을 알고 있었다. 알고 있
었지만 직접 경험하는 것은 다른 문제였다. 숨을 쉬고 싶은
욕망과 싸움이 시작되었다. 1초가 영원 같았다. 깍지 낀 손이
스륵 풀어졌다. 주먹으로 가슴을 쳤다. 이름을 불렀다. 입술

사이로 뿜어져 나온 기포가 솟아올랐다.

하진아.

잠수복을 입은 구조대원이 나를 발견하고 곧장 헤엄쳐 왔다. 구조대원은 내 어깨를 잡고 능숙하게 끌어당겼다. 저항하기 위해 두 손을 휘둘렀지만 잡히는 건 모래뿐이었다. 이윽고 그 모래들마저 소리 없이 빠져나갔다.

물 위로 올라왔다. 보트에서 대기하고 있던 다른 구조대원이 나를 눕혔다. 뺨을 탁탁 때리며 뭐라 말을 걸었는데 웅얼거리는 소리밖에 들리지 않았다.

1

　　　　　전면이 유리창으로 된 카페에 앉아 바다를 바라보았다.

앞 테이블에 앉은 커플이 바다를 배경으로 기념사진을 찍고 있었다.

따뜻한 머그진을 움켜쥐고 커피를 한 모금 마셨다. 관장이 입구로 들어오는 모습이 보였다. 반사적으로 옆에 놓여있던 핸드백을 쓰다듬었다. 바로 꺼내기 쉽도록 잠금쇠를 열어두었다. 선수를 치는 게 중요했다.

그만두겠습니다.

눈을 마주치지 않는 게 좋을까. 아님 반대로 똑바로 바라볼까. 황당함에 할 말을 잃게 만들어 버리는 작전이었다.

"김 팀장."

그러나 사직서 봉투에 손가락을 가져가기도 전에 선수를 빼앗긴 건 나였다.

"촌스럽게 사직서 같은 거 준비해 온 건 아니겠지?"

관장이 쓰고 있던 중절모를 벗자 땀이 송골송골 맺힌, 벗겨진 머리가 드러났다. 벗은 중절모로 부채질하며 한동안 숨을 고르던 그는 드디어 나를 보았다. 이렇게 되면 정공법으로 가는 수밖에. 나는 숱한 드라마 속 한 장면을 재현하듯 흰 봉투를 앞으로 내밀었다.

"저는 관장님 예측을 벗어나지 못하나 봐요. 늘 그랬죠."

그러나 관장은 사직서 쪽으로는 눈길 한 번 주지 않고 물었다.

"뭣 때문인가?"

이런 질문을 대비해 일을 그만둘 수밖에 없는 이유들을 미리 준비해 두었고 대답할 자신이 있었다. 그러나 관장의 표정을 본 순간 나는 무언가 크게 착각했다는 사실을 깨달았다. 관장은 회사를 그만둔 이유 따위를 묻는 게 아니었다. 그는 내 얼굴에서 무언가 진실을 읽어내려 하고 있었고, 왜 스스로 삶을 끊으려 했는지, 바로 그것을 묻고 있었다.

입을 단단히 걸어 잠근 나를 대신해 그가 대답했다.

"그 친구 때문인가?"

곧이어 별로 듣고 싶지 않은 말들이 쏟아질 것을 알았지만 이번에도 속수무책으로 선수를 빼앗겼다.

"원래부터 소문이 좋지 않았던데. 부부 사이가 파탄 직전이었다면서? 우울증 그런 거 아니었겠나. 그러지 않고서야 어떻게 애를 밴 몸으로…. 죽은 사람한테 이런 말 하기 뭐하지만 말이야."

"아직 확실한 건 아니라서요."

관장이 잘 이해되지 않는 눈빛으로 나를 바라보며 부연 설명을 기다렸다.

"시신이 발견되지 않았으니까요."

동시에 그의 오른쪽 눈썹이 마치 왼쪽 눈썹과 시소를 타듯 치켜 올라갔다. 무슨 말인가 튀어나오려는 입술을 옴짝달싹했다. 설마 살아있다고 생각하는 겐가, 그렇게 묻고 싶은 것을 간신히 참고 있는 게 분명했다. 오로지 나에 대한 예의를 지키기 위해서. 그렇군, 그는 단지 그렇게 대답할 뿐이었다.

앞 테이블의 커플이 자리에서 일어났다. 서로를 바라보는 얼굴엔 미소가 어려있다. 그들이 지금 순간 얼마나 행복하고 애틋한지 나는 알 수 없었다. 다만 그들에게 주어진 시간들이 너무 찬란한 나머지 그들이 떠난 뒤에도 찬란함이 여전히 거기, 그 테이블에 머물고 있는 것만 같았다. 나는 서둘러 자리를 마무리하기 위해 부산스러운 척했다.

"건강하세요."

핸드백을 메고 자리에서 일어났다.

"엘고나인에 갈 수 있는 기회가 생겼네."

관장은 종업원이 막 가져온 아이스커피의 빨대를 쭉 빨아들이며 목을 축였다. 유리컵 속 커피 절반이 꿀꺽꿀꺽 그의 입속으로 들어갔다. 관장이 점잖은 동작으로 손수건을 꺼낸 뒤 입가를 꾹꾹 눌러 닦을 때까지도 나는 자리에 붙박인 듯 서있었다. 그제야 그가 오늘 이 자리에 나온 이유를 알 것 같았다. 그건 나의 자살 미수를 꾸짖기 위함도 아니었고, 그렇다고 위로하기 위함은 더더욱 아니었으며, 사표를 수리하거나 반려하기 위함도 아니었다. 본격적인 이야기를 듣기 위해 내가 할 수 있는 일은 그저 막 도착한 사람처럼 자리에 다시 앉는 것뿐이었다.

나는 선착장에 버려져 있었다.

차량이 잘 다니지 않는 곳이라 가끔씩 낚시하러 오는 이들 외에는 사람의 발길이 잘 닿지 않는 곳이었다. 포대기에 쌓여있던 나를 처음 발견한 남자는 자신이 들어 올린 어떤 덩어리가 제법 따뜻한 열을 뿜어낸다는 사실에 놀랐고, 뒤늦게 그것이 살아있는 작은 인간이란 사실에 또 한 번 놀랐다. 그 자리에 도로 내려놓을 수도 있었지만 그렇게 하지 않았고 그렇게 남자는 나의 아버지가 되었다.

아버지는 어부였다. 나는 일찍이 학교에 다니는 것보다 아버지의 배에 올라타 바다에서 시간을 보내는 걸 더 좋아했다. 바다는 끝없이 보물찾기를 할 수 있는 놀이터였다. 가나다라 한글을 떼기도 전에 웬만한 물고기들의 이름을 전부 외우고 다녔다. 아버지는 나를 보고 신동이라며 좋아했다. 내게 맞혀보라고 할 물고기 이름이 다 떨어지자 아버지는 바다생물이 잔뜩 실려있는 백과사전을 사다 주었다. 벽돌보다 두껍고 무거운 사전을 들여다보고 있을 때만큼은 이 세계가 거대하긴 해도 알만한 무언가라는 생각이 들었고, 모든 페이지를 빠짐없이 외웠을 즈음에는 나 역시 그 세계의 일부라는 사실을 이해했다. 그 이상의 진실은 존재하지 않았고 존재할 수도 없었다. 더 이상 배울 수 있는 게 없다는 생각이 들자 어떤 공부도 시들해졌다.

고등학교 입학을 앞두고 아버지가 생활비를 아껴 모은 돈으로 교복을 맞춰준 날에도 나는 감흥이 없었다. 사실은 학교에 가기 싫었다. 차라리 바다에 나가 아버지 일을 돕고 싶었다. 그러나 아버지의 얼굴이 실망으로 일그러지는 모습을 보는 건 더욱 싫었기에 잠자코 따랐다. 딸을 자신과 같은 생선잡이로 만들지 않기 위해 아버지는 모든 걸 할 각오가 되어있었고, 그가 할 수 있는 유일한 일이란 바로 그 생선잡이뿐이었으므로 그가 열심히, 그보다 더 열심할 수는 없을 정도로 생선을 잡고 있다는 사실을 나는 알고 있었다.

그러니 입학식 날 벌어진 일은 순전히 충동적인 결정에서 비롯된 것이었다. 같은 교복을 입은 학생들 속에 섞여서 걷고 있던 나는 어떠한 전조도 없이 대열에서 빠져나와 거꾸로 역행하기 시작했다. 어두운 자주색 바탕에 흰색이 섞인 체크무늬 교복을 입은 무리가 만들어 내는 거대한 물살을 뚫고 지나가며, 나는 그것과 무늬가 비슷한 해양 생물이 있었는지 머릿속 사전을 뒤적였다. 적갈색의 혹돔이 그나마 제일 가까웠지만 당연하게도 체크무늬인 생물은 없었다. 뭐가 되었든 요는 내가 그 아이들과 같은 페이지에 분류될 수 없다는 거였다. 단지 같은 어두운 자주색 바탕에 흰색이 섞인 체크무늬 교복을 입고 있다는 이유만으로는.

그래서 바다로 갔다.

교복을 벗지도 않고 그대로 바다에 들어갔다. 방향감각을 잃어버릴 때까지 마구잡이로 헤엄쳤다. 숨을 참을 수 있을 때까지 잠수했다가 수면 위로 떠오르길 반복했다. 물에 오래 젖어 쭈그러든 피부를 더 세게 문질렀다. 지나치게 많은 바닷물을 들이켠 코와 입은 견디기 힘들 정도로 맵고 짜고 고통스러웠지만 멈추지 않았다. 계속해서 뭍과 반대 방향으로 헤엄쳐 갔다. 간간이 보이던 구명부표도 어느 순간부터 보이지 않았다. 바다는 아무것도 쓰여있지 않은 페이지처럼 고요했고, 나는 나 자신을 아직 세상에 발견되지 않은 새로운 종(種)이라 상상하며 그 위에 몸을 뉘었다.

갑자기 몇 미터 떨어진 곳에서 무엇인가 움직였다. 파도를 잘못 본 건가 싶어 가늘게 뜬 눈으로 전방을 주시했다. 그러자 다시 한번 첨벙, 하며 필사적으로 버둥거리는 것이 보였다.

손이었다.

사람의 손.

나는 곧바로 헤엄쳐 갔다. 바다에 빠진 사람을 구하러 뛰어들어 가지 말 것. 바다에 사는 사람들이라면 모두가 알고 있는 상식이었다. 자칫하다간 저승 길동무가 되는 수가 더 많았기에. 그러나 별다른 방법이 없었다. 구조를 요청하기엔 시간이 너무 오래 걸릴 터였다. 일단은 저 손, 사방에 아무것도 잡히지 않아 공포로 몸부림치는 저 손을 잡자, 내 머릿속엔 오로지 그 생각뿐이었다.

손을 잡고 있는 힘껏 끌어당겼다. 내 또래 여자아이가 나의 어깨를 감싸 안았다. 걱정과 달리 그녀가 이성을 잃고 나를 잡아당기거나 하는 일은 벌어지지 않았다. 그러기엔 너무 오랜 시간 바다와 사투를 벌인 몸에서 이미 모든 힘이 빠져나간 뒤였다. 뭍까지 가는 동안 내 몸에서 스르륵 미끄러지는 그녀를 몇 번이고 단단히 붙들어 매야 했다.

헤엄을 치는 데 온 신경을 집중하느라 무슨 말을 할 여력 따윈 없었다. 그러나 나중에 그녀에게 들은 바로는 내가 몇 번이고 그 말을 반복해서 외쳤다는 거였다. *정신을 잃지 마. 정신을 잃지 마.* 어쩌면 속으로는 그런 말을 외쳤던 것 같기도 한데. 나중에 그녀는 자신이 들은 게 내가 보낸 텔레파시일지도 모른다고 주장했다.

텔레파시?

그 말을 들은 내가 엉뚱한 소리를 들은 사람처럼 곧바로 허파 빠진 바람 소리를 내지 않았던 이유는… 그것이 꽤나 타당한 가설처럼 느껴졌기 때문이다. 전도성 매질을 필요로 하는 전기장에서 본래 공기는 그다지 우수한 도체가 아니다. 그렇기에 텔레파시라는 게 정말 존재한다면 물속에서 더 잘 전달되리라는 것은 쉽게 유추할 수 있는 사실이었다.

어쨌거나 그런 얘기를 주고받게 된 건 조금 훗날의 이야기였고, 그녀를 간신히 모래사장까지 옮겨놓은 직후에 벌어졌던 일련의 일들은 누군가의 목숨을 구한 영웅담이라기엔 그다지 낭만적이지 못했다.

파도의 등살에 밀려난 해초 줄기처럼 힘없이 널브러져 있던 여자가 꿍 소리를 내며 일어났다. 이윽고 돌덩이보다 무거운 몸을 질질 끌고 그녀가 들어가려는 곳은 다시… 바다였다. 무슨 상황인지 이해할 시간도 주어지지 않았다. 그녀를 따라 바다로 뛰어들었다. 다시 들어간 바다는 이전보다 더 차가워서 심장까지 얼어붙게 만들었다. 두 번째 요행은 없으리라는 직감이 강하게 들었다. 죽음으로 직행하려는 그녀와 죽을힘을 다해 반대 방향으로 잡아당기는 나의 힘이 동시에 작용하면서 우리는 제자리에 정지했다.

여자는 자신을 막고 있는 힘의 정체가 무엇인지 확인하기 위해 뒤돌아보았다. 여자가 죽음으로부터 고개를 돌리고 우리가 처음으로 눈이 마주친 순간이었다. 그녀의 눈동자가 돌연 섬광처럼 빛나더니 붙잡히지 않은 쪽의 팔을 들어 올려 나의 얼굴을 가격했다. 예상치 못한 공격을 맞은 나는 그대로 뒤로 떠밀려 엉덩방아를 찧었다. 때마침 밀려온 파도가 조롱하듯 내 위를 한 번 더 덮쳤고, 먹먹해진 귓가에 그녀의 목소리가 전생만큼이나 아득하게 들려왔다.

"누가 살려달래?"

느닷없이 얼굴을 맞았을 때보다도 어째서인지 그 말을 들었을 때 더욱 화가 치밀었다. 그 손, 무언가 필사적으로 잡기 위해 버둥거렸던 그 손을 보지만 않았어도 나 역시 너 같은 것을 구하러 목숨을 던지진 않았을 거라고 받아쳐 주고 싶었다. 그러나 잘 정돈된 언어보다도 머리 꼭대기까지 솟아오른 분노가 먼저였다. 벌겋게 충혈된 두 눈을 부릅뜨고 노려보았더니 그녀가 조금 움찔하며 겁을 먹었다.

그때다 싶어 여자의 멱살을 그러잡았다. 여자는 속수무책으로 끌려왔다. 모래밭까지 그녀를 질질 끌고 와 사정없이 패대기쳤다. 이번엔 아까보다 조금 더 감정을 실어서. 그녀가 미끄러진 방향을 따라 스키드마크처럼 진흙이 깊게 파였다. 여자가 헛구역질을 하며 모래 섞인 침을 연신 뱉었다. 죽음을 향해 돌진했을 때 뿜어내던 생명력 같은 것이 몸에서 다 빠져나가자, 역설적이게도 진짜 죽음이 드리운 듯 그녀의 상태가 급격히 안 좋아졌다. 나는 그녀의 뒷덜미를 잡고 끌어 올렸다. 핏기 하나 없이 창백한 얼굴과 체온이 떨어져 보랏빛이 된 입술이 둥실 떠올랐다.

그때 여자가 울기 시작했다. 당황한 나는 그대로 여자를 내려놓았다. 내 손아귀에서 풀려난 그녀는 몸을 둥그렇게 웅크린 채 말 그대로… 엉엉 울기 시작했다. 무수한 숨을 머금다 뱉어내는 하얀 거품이 그녀와 내 발치에 얼마간 머물다가 바닥으로 스며들었다. 그제야 여자가 나와 같은 교복을 입고 있는 모습이 눈에 들어왔다. 가슴에 달린 명찰표를 보았다.

손하진.

나는 하진의 옆에 앉았고, 그녀가 울음을 그칠 때까지 기다렸다.

해양과학관의 정문에 서면 유려한 곡선으로 빙 둘러싼 전면의 통유리가 제일 먼저 반겨준다. 과학관을 관두려고 마음먹었을 때 다른 무엇보다도 이 풍경을 다시는 못 보게 된다는 사실이 가장 아쉬웠다. 결과적으로는 그럴 겨를도 없이 오늘도 출근을 하게 됐지만.

1층 로비에 들어서자 어김없이 미연 씨가 반겨주었다. 데스크 직원인 미연 씨는 데스크에 앉아있는 시간보다 서있는 시간이 더 많았다. 이곳으로 출근하는 직원들은 제일 먼저 미연 씨에게 인사했고, 미연 씨는 그들을 그냥 들여보내 주는 법이 없었다. 로비 앞에서 미연 씨와 이야기를 잠깐 나누는 게 출근하는 낙인 직원도 제법 있었다.

미연 씨가 나를 보자마자 살아계셨냐고 물어보지 않은 걸로 보아 관장이 자살 기도에 관해 철저히 함구한 게 분명했다. 그 함구 대상에는 물론 나도 포함되어 있다는 뜻일 것이다. 그러니 나는 미연 씨에게 "며칠 전 스스로 목숨을 끊으려 했지 뭐예요" 하며 너스레를 떠는 짓을 벌여서는 안 되었다.

대신 미연 씨에게 다른 것을 물어보았다.

"저게 뭔가요?"

인부들이 로비 천장에 현수막을 거는 중이었다. 정부에서 지원을 받은 이벤트나 홍보가 필요한 프로젝트가 있을 때마다 종종 현수막을 걸기는 했지만 비수기에는 있을 수 없는 일이었다.

"오늘 주인공이시잖아요."

"네?"

미연 씨가 직접 보라는 듯 뜸을 들이기에 그녀와 나란히 서서 현수막이 걸리는 모습을 지켜보았다.

'대한민국 최초'라는 글자를 보았을 때부터 이건 아니라는 직감이 강하게 들었다. 촌스러운 폰트로 대문짝만하게 박힌 전체 구절이 곧이어 눈앞에 펼쳐졌다.

대한민국 최초! 외계 생명체 탐사 미션!

〈엘고나인 프로젝트〉

갈 곳 잃은 시선을 어떻게 해야 할지 몰라 고개를 떨구었다. 죄송하지만 다시 내려주시라 부탁했다. 그러나 미연 씨는 특유의 음흉한 미소를 지으며 단호하게 거절했다. 안 될 말씀. 그러더니 재킷 안주머니에서, 아마도 이 순간만을 위해 집에서 미리 준비해 온 듯한 작은 폭죽 하나를 꺼내 꼬리를 잡아당겼다. 펑 터진 폭죽 조각들이 매가리 없이 머리 위로 떨어졌다.

"축하해요, 김 팀장님."

미연 씨가 두 팔로 나를 감싸 안았다. 나는 그녀가 기분 상하지 않을 만큼만 강압을 발휘해 내 몸에서 그녀를 떨어뜨렸다. 머리에 붙은 폭죽 조각들도 떼어냈다.

"아직 확정은 아니고요."

"거의 확정이라던데요?"

"오늘 우주항공국 국장님과 최종 면접을 거쳐야…."

"그것도 뭐 형식상 절차라던데요?"

현수막 작업을 끝마친 인부들이 사다리에서 내려왔다. 미연 씨가 쪼르르 달려가서 또 어느 주머니에선가 박카스를 꺼내 인부들에게 건넸다. 드디어 미연 씨의 관심으로부터 벗어났다는 안도감도 잠시, 갑자기 인부들이 나를 향해 박수를 치기 시작했다. 현수막에 쓰여있는, '대한민국 최초'라는 수식어가 붙었으니 모르긴 몰라도 거국적임에 틀림없는 일을 할 예정인 김지유라는 사람이 바로 나라는 사실을 미연 씨로부터 막 듣게 된 모양이었다. 나는 고개를 들고 다시금 현수막을 올려다보았다. 현수막 배경에는 위성이 찍은 엘고나인의 사진이 삽입되어 있었는데, 화질이 떨어지는 사진을 확대까지 해놓은 탓에 언뜻 보면 푸르스름한 빛을 띠는 거대한 곰팡이 덩어리 같았다.

몇 달 뒤 내가 저곳에 갈지도 모른다고?

아무런 실감도 나지 않았다.

우주항공국 국장과의 면접은 해양과학관 관장실에서 진행되었다. 국장의 호감을 얻기 위해 어떤 자아를 장착해야 할지 잠시 망설였지만 막상 면접이 시작되자 분위기는 내가 예상했던 것과는 다르게 흘러갔다. 국장은 프로젝트에 대한 질문은 일절 꺼내지 않았고, 심지어는 나에 대한 질문도 거의 하지 않았다. 해양과학관이 지어진 지 올해로 몇 년이 되었는지, 해양과학관에 방문하는 관광객들도 하지 않을 질문들만 간간이 던질 뿐이었는데 그마저도 대답은 관장이 대신했다.

그들의 대화가 내년에 새로 지을 기술관에 대한 주제로 옮겨갔을 즈음 인내심이 바닥을 친 나는 그들 사이에 불쑥 끼어들며 물었다.

"제가 필요하긴 하신가요?"

국장은 다 식은 커피를 마시는 척하며 커피잔을 엄폐물 삼아 나를 흘낏거리는 짓을 마침내 그만두기로 한 것 같았다.

"당연합니다."

"무엇을 보고 그렇게 판단하셨나요?"

면접자와 피면접자가 뒤바뀌어 버린 형국에 당황한 관장이 허허 웃으며 분위기를 중재하려고 시도했다. 국장은 관장에게 괜찮다는 듯 고갯짓해 보이고는 대답을 이어갔다.

"저희가 박사님이 적격이라 생각한 이유는 간단합니다."

"그게 뭔가요?"

"이 프로젝트를 해볼만한 가치가 있다고 생각하는 유일한 분이시기 때문입니다."

말도 안 되는 소리였다. 현재까지 밝혀진 가운데 생명체가 존재할 가능성이 가장 높은 행성으로 알려진 엘고나인에 대한 학계와 대중의 관심은 꽤 오래된 것이었다. 직접 우주로 가서 확인해 볼 기회가 생겼는데, 아무도 여기에 관심이 없다고?

"정말로 저밖에 없었다고요?"

"아뇨, 사실 꽤 있었습니다. 다만."

국장이 콧잔등을 찡그리며 나이에 어울리지 않는 표정을 지어 보였다. 마치 그렇게 하면 불편한 진실을 전하는 분위기를 조금이라도 희석시킬 수 있다는 듯.

"목숨을 걸 정도까지는 아니라고 봤습니다. 아무도."

그렇군. 이제야 퍼즐 조각이 맞춰지는 기분이었다. 목숨을 잃을 수도 있는 위험을 아무나 짊어지진 않을 것이다. 얼마 전 자살 시도를 한 사람이라면 몰라도. 한 번 바다에 내던졌던 목숨, 이번엔 우주로 내던진다 한들 어떠하리. 그렇죠? 하는 눈빛으로 바라보자 관장이 스리슬쩍 눈길을 피했다.

"하진이가 저를 사랑하긴 하나요?"

봄의 기운이 돌기 시작한 4월 초, 슬슬 두꺼운 외투를 집어넣어야겠다고 생각한 날, 아침부터 비가 내리기 시작했다.

그 모든 걸 떠나서, 사랑은 하는지 남자가 내게 물었다. 나는 잘 지내셨느냔 무난하기 짝이 없는 인사를 건네려던 입을 쏙 다물었다.

"그걸 왜 저한테… 직접 물어보시지 않고."

"아시잖아요. 갠 절대로 진실을 말하지 않아요."

그 정도도 모를 바보는 아니었구나. 나는 지금껏 그가 듣기

좋은 말만 할 줄 아는 친절한 사람인 줄 알았다. 그런 사람들은 자기 체면을 잃지 않기 위해 적당히 진실을 외면하기 마련이니까. 그래서 그의 입에서 처음으로 자동 응답기가 아닌 사람 같은 말이 튀어나왔을 때, 놀랐던 것도 같다.

"제가 대답하는 게 맞을까요? 당사자도 아닌데."

"하진이에 대해 모르는 게 없으시잖아요. 남편인 저보다도. 어쩌면 하진이 자신보다도…."

초인종이 울리고 인터폰 화면에 남자의 얼굴이 비쳤을 때까지만 해도 설마 이런 전개가 펼쳐지리라곤 상상하지 못했다. 당신은 영영 알 길이 없으리라 생각했는데. 조금씩 비가 내리는 오늘 같은 날, 뿌옇게 김 서린 창밖을 바라보며 앞으로도 나만 알고 있을 비밀이라 생각했는데.

테이블 아래 꾹 쥔 주먹으로 무릎을 짓누르는 남자는 절대로 물러설 기미가 없어 보였다. 그래, 그렇겠지. 당신 같은 사람이 이런 걸 물어보기 위해 여기까지 왔을 때는 아마도 남은 평생의 모든 용기를 쥐어짜 내야만 했을 것이다. 그렇다면 나 역시 그에 합당한 대우를 해주어야 한다. 나는 진실을 말하기 위해 입을 열었다.

마치 하진의 말을 대신 전하듯.

"단 한순간도 사랑한 적 없습니다."

이런 결과를 예상하지 못한 것도 아니었을 텐데, 남자의 눈썹이 파르르 떨려왔다. 힘겹게 지탱하고 있던 시선을 더는 견디지 못하겠다는 듯 떨구었다. 그가 마음을 추스르기까지는 시간이 조금 걸렸다. 얼마 후 자리에서 일어난 그는 별다른 인사말도 없이 자리를 떠났다. 폭풍이 휩쓸고 간 듯한 고요가 찾아왔다. 나는 그가 한 모금도 마시지 않은 물컵을 개수대에 담가놓으며 방금 일어났던 일이 혹시나 꿈은 아니었는지 벽시계를 돌아보았다. 단 10분 정도가 지나있었다.

하지만 진실인걸.

하진이 남자와 결혼한 이유는 그것이 정해진 길이었기 때문이다. 하진은 태어나 단 한 번도 부모가 정해준 길에서 어긋난 적 없었다. 큰 결핍 없이 평생 엘리트 코스를 밟아온 부모의 완벽한 딸이 되는 것. 그것만이 삶의 목표였던 하진에게 가장 큰 장애물은 바다였다. 해양생물학자였던 하진의 부모에게 중요한 첫 번째 순위는 늘 바다였고, 무슨 짓을 해도 그 순서가 뒤바뀐 적은 없었다. 하진이 원한 건 그때나 지금이나 단 하나였다. 온전한 사랑. 일부분 혹은 대부분은 용납할 수 없었다. 그녀에게 그건 똑같이 불완전한 것이었다. 하진은 전체 사랑 중 전체를 원했다. 원하는 것을 얻기 위해서 하진은 바다나 자신 둘 중 하나는 없어져야 한다고 믿었고, 그래서 기꺼이 자신을 바다에 내던졌다. 그러니 나는 그날 그녀의 목숨을 구한 은인이 아니라 엔드게임을 망쳐버린 원수나 마찬가지였다. 결국 바다와 하진 어느 쪽도 사라지지 않았고, 마치 반란에 실패한 죗값을 치르듯 그날부로 하진은 바다에게 그리고 부모에게 순종했다.

하진이 결혼하겠다고 했을 때, 그 상대가 부모가 소개해 준 남자라는 사실을 알았을 때 내가 놀라지 않은 건 당연했다. 네가 지금 무슨 선택을 하려는지 아니, 너는 그를 사랑하지 않고, 사랑할 예정도 없으며, 언젠가 이 사실을 알게 될 수도 있는 남자에게 앞으로도 결코 미안함 따위 느끼지 않을 텐데, 그 잘못 끼운 나사처럼 뻑뻑한 것들을, 잘못 씹은 생선의 비릿함 같은 것들을 입에 머금은 채 살 수 있겠니, 평생을, 그런 것은 묻지 않았다. 웃으며 축하했다.

나는 하진을 따라 웨딩홀을 함께 구경하기도 했다. 단상으로 향하는 웨딩로드 앞에서 하진이 내게 손을 내밀었다. 난색을 띠며 그 손을 못 본 척하려 했지만 그보다 빠르게 하진이 손을 잡아챘다. 우리는 손을 맞잡고 걸음을 맞추어 걸었다. 웨딩로드가 끝나는 곳에서 거대한 샹들리에가 비추는 빛이 우리가 있어야 할 자리가 어딘지 알려주었다. 그 아래에 서서 우리는 서로를 마주 보았다.

이내 웨딩로드에서 내려가려는 나를 하진이 붙잡았다.

"나한테 하고 싶은 말 없어?"

"글쎄."

하진은 끈질기게 대답을 기다렸다. 그 짧은 시간 동안 나 역시 머릿속으로 하진에게 해줄 수 있는 말이 무엇일지 생각해 보았다. 미안해. 그날 너를 억지로 바다에서 건져서 여기까지 오게 만들어서 미안해. 그게 나라서 미안해. 아니, 안 미안해. 사실은 하나도 안 미안해. 네가 이렇게 된 게 어떤 결핍 때문이라고 주장할 생각은 꿈에도 하지 마. 태어났을 때부터 지금까지 너는 못 가진 게 없었고 널 그렇게 만든 건 바로 너니까. 다름 아닌 너.

오로지 너.

"난 너한테 숨기는 거 없어."

하진이 손을 놓았다.

그날 이후 나의 시간은 잊을만하면 그 웨딩로드 위로 돌아가고는 했다. 대답할 때까지 얼마나 시간이 걸리든 기다리겠다는 표정으로 나를 바라보던 하진에게로. 아무리 생각해도 그곳이었던 것 같다. 만약 무언가를 돌이킬 수 있는 분기점이 있다면 그곳, 웨딩로드뿐이었을 거란 생각이 온통 나를 지배하기 시작했다. 그때 내가 다른 대답을 했더라면 무언가 달라졌을까. 머리 위에서 모든 것을 고요히 내려다보고 있던 샹들리에는 어쩌면 우리에게 어떤 암시를 주고 있었던 게 아닐까. 천장에서 아래로 흐드러지던 흰빛들은 사실 교수형에 처한 죄수들처럼 목매단 진실들의 형상을 하고 있진 않았나.

학회 발표와 겹치는 바람에 하진의 결혼식에 가지 못하게 되었을 때 나는 아마 안도했던 것 같다. 꿈결보다 부드러웠던 그 웨딩로드로 돌아가지 않아도 되어서. 플로리다로 떠나는 비행기 안에서 방금까지 디디고 있던 땅덩어리가 멀어져 가는 것을 바라보다가 눈을 감았다. 같은 시각 새하얀 드레스를 입고 웨딩로드를 걷고 있을 하진을 상상해 보다가 잠이 들었다. 플로리다에 도착해 휴대폰 전원을 켜자 하진이 보내온 사진이 제일 먼저 반겼다. 사진 속에서 하진은 수많은 하객들의 축복을 받으며 환하게 웃고 있었다. 하진을 둘러싼 하객의 얼굴을 한 명씩 살펴보았다. 하진과 가장 가까이 있던 신랑의 얼굴부터 가장 먼 귀퉁이에 얼굴이 반쯤 잘린 누군가의 뒤통수까지 전부 빠뜨리지 않고 살펴본 뒤 한 일은 휴대폰 화면을 끄는 것이었다. 분기점으로 돌아가서 무언가, 어쩌면 대단히 크게 바뀔 수도 있었을 무언가가 무엇이었을지 골똘히 생각해 보다가 빈약한 상상력이 바닥을 드러내면 마지막에 남은 일은 간단했다. 그저 엄지손가락으로 먼지를 닦듯 휴대폰 화면을 쓸어 내리기만 하면 되었다.

우주항공국에 입성한 뒤 세 달 가까이 밤낮으로 쉬지 않고 속성 훈련을 받았다. 내 훈련을 담당하게 된 선배 비행사들은 처음 나를 보았을 때 어떤 편견이 있었던 게 분명했다. 이전에도 급하게 결성되었다가 아깝게 무산된 수많은 프로젝트가 있었고, 그때마다 그들은 비행 훈련 따위 당연히 받아본 적 없는 전혀 다른 분야의 전문가나 박사들을 가르쳐야 했다. 평생 해본 운동이라곤 머릿속에 떠도는 공상을 컴퓨터로 옮길 때 손가락으로 토독토독 키보드를 두드리는 것밖에 없는 치들, 그들이 박사에 대해 내린 결론이었다.

그러니 내가 무중력 훈련을 단 1일차 만에 통과했을 때, 그들의 눈동자가 주먹만큼 커진 것도 무리는 아니었다. 나는 그들이 놀라워한다는 사실에 놀랐다. 그건 단지 공중에서 원하는 방향으로 몸을 움직이는 테스트일 뿐이었다.

"혹시 수영 좀 하셨어요?"

스톱워치로 기록을 재던 기훈이 물었다. 기훈은 우주항공국 소속으로, 이번 프로젝트에서 조종사로 기용된 대원이었다. 항공국에 들어와 훈련을 시작한 이후로 나와 가장 많은 시간을 보내는 사람이었다. 무중력실의 유리창 너머로 기훈이 스톱워치에 찍힌 숫자를 보여주며 일반인 신기록이라고 기뻐했다. 신기록으로 국을 끓여 먹을 수 있는 것도 아니었지만 공중에 떠오른 몸처럼 기훈의 칭찬으로 마음 한구석이 몽글몽글해진 것도 사실이었다.

훈련 시간을 다 채우자 기훈이 손바닥을 까딱이며 그만 나와도 된다는 사인을 보냈다. 시간이 너무 빠르게 흘러간 기분이었다. 아쉬운 마음이 들어 머뭇거리는 내게 기훈이 물었다.

"마지막 한 번 더?"

기훈은 수직 하강을 해보라고 지시했다. 할 수 있는 가장 빠른 속도로. 그런 다음 바닥에 닿기 직전에 정수리와 발끝의 위치를 전환하여 수직 상승하는 미션이었다.

"정수리 끝과 발끝의 위치를 전환한다는 느낌으로."

"그건 플립턴이잖아?"

나는 수영하듯 두 발끝을 모아 위아래로 흔들었다. 바닥에 머리가 닿기 직전 몸을 둥글게 뒤틀어 발로 박차듯 위로 솟아올랐다.

"브라보!"

무중력실에서 나오는 나를 향해 기훈이 강아지처럼 뛰어왔다. 기훈이 무안하지 않도록 적절한 호응을 해주고 싶었지만 깜박하고 간식을 챙겨 오지 않은 주인처럼 어정쩡한 웃음만

지어 보였다. 앞으로 있을 중력가속도 훈련이나 극한 상황을 대비한 시뮬레이션 훈련 등에 비하면 이건 아기 걸음마 수준 아니냐고 물었더니 기훈은 걸음마가 얼마나 대단한 건지 아느냐며 펄쩍 뛰었다.

"얼마나 대단한 건데?"

"우주적으로 대단하죠."

우리는 구내식당으로 발걸음을 옮겼다. 우주항공국에서는 우주인들의 식단을 철저히 관리했다. 매일 규칙적인 훈련과 단련, 휴식, 음식까지. 나는 한 번 죽으려 했던 사람이라고는 믿을 수 없을 만큼 빠르게 건강해지고 있었다.

이제는 거의 지정석처럼 되어버린, 벽 뒤로 가려진 뒷줄 테이블에 앉았다. 20대인 기훈은 먹는 양도, 속도도 어마어마 했고 우리는 그다지 템포가 잘 맞는 밥 친구는 아니었다. 그럼에도 거의 매일같이 맞은편에 앉아 밥을 먹다 보니 천천히 좀 씹어 먹으라거나, 그러는 박사님이나 편식하지 말라는 둥 서로의 식습관에 대해 한마디씩 참견하지 않으면 심심할 정도가 되었다. 아니나 다를까 급하게 스테이크를 먹던 기훈의 입가에 갈색 소스가 묻었다. 말로 알려주는 것보다 냅킨을 건네주는 게 빠를 것 같아서 몸을 일으키려던 참이었다. 냅킨 뭉치를 쥔 누군가의 손이 기훈의 정수리를 푹 눌렀다.

"누가 뺏어 먹냐?"

돌아본 곳에는 처음 보는 남자가 한심한 눈빛으로 기훈을 내려다보고 있었다. 누구인지 묻기도 전에 남자가 들고 있던 식판을 내려놓고 기훈의 옆자리에 앉았다. 기훈은 머리 위에 새집처럼 헝클어져 있는 냅킨 뭉치를 그대로 둔 채 어리둥절한 눈길로 남자를 바라보았다.

"언제 들어오셨어요?"

"오늘."

기훈은 남자가 준 냅킨을 사용하긴 했지만 보는 사람이 다 무색할 정도로 금방 입가가 지저분해졌다. 더는 잔소리하길 포기한 남자가 식사를 위해 젓가락을 들었을 때였다. 나와 눈이 마주친 남자가 그제야 내 존재를 인식했는지 당황하며 우물쭈물했다.

"어이, 먹지만 말고."

남자가 팔꿈치로 기훈의 옆구리를 찌르자 기훈이 움찔하며 대답했다.

"김지유 박사님이세요."

"아, 그?"

그?

순간 남자가 하려던 말이 뭐였을지 여러 가지 후보들이 머릿속을 스쳐 지나갔다. 자살하려다 실패한, 그 미친년? 그러더니 갑자기 외계 행성으로 가야 하는 임무에 자진한, 그 또라이?

"엘고나인 프로젝트 사령관, 이문호입니다."

테이블 위로 쑥 내민 손바닥을 의문스럽게 바라보다가 뒤늦게 악수의 의미라는 것을 깨달았다. 그 손끝을 어색하게 잡고 있다가 금방 내려놓으려 했으나 즉시 손바닥과 손바닥 사이를 빈틈없이 밀착시킨 문호가 맞잡은 손을 위아래로 힘차게 흔들었다. 이제 그만…이라는 생각이 들 때까지 악수하는 동안 그는 내 두 눈에서 시선을 떨어뜨리지 않았다. 처음 보는 사람에 대한 경계가 아예 없는 걸지도 몰랐다. 그렇다고는 해도 아이스 브레이킹을 이렇게까지 호들갑스럽게 할 필요가 있나. 내 미간이 미세하게 좁아지는 모습을 문호가 보았는지는 모르겠다. 문호는 악수를 끝낸 손을 곧장 겨드랑이 밑으로 집어넣고는 기훈을 내려다보던 때와 비슷한 특유의 눈빛으로 나를 바라보았다. 그제야 그가 어떤 타입인지 조금 감이 오는 듯했다. 그는 사람들 앞에 있거나 위에 있는 시간이 더 많았던 사람이다. 처음 보는 사람 앞에서도 주도권을 가져오는 일이 능숙하며, 때로는 그런 일이 본인의 의사와 상관없이 일어나기도 할 것이다. 지금처럼. 위압감을

느낀 상대방은 갑자기 주변보다 조금 더 강한 중력장에 들어
오기라도 한 듯 지면을 디딘 두 발이 무거워진다.

"해양생물학 박사, 김지유입니다."

"아주아주 반가워요, 김 닥."

그렇다고 그가 권위만 앞세우는 부류처럼 보인 것은 아니
었다. 웃는 방향을 따라 굴곡진 눈가 주름과 살짝 드러난 앞
니의 조화가 보기 싫지 않을 정도의 익살스러움을 자아냈다.
누군가에게는 꽤나 인간미 있는 리더로서 추앙받는 일도 적
잖이 있었으리라 짐작되었다. 40대 후반, 많아 봐야 50대 초
반…. 그 나이쯤 되면 싫어도 얻게 되는 연륜이란 게 있을 테
니. 무수히 다양한 사람들과 함께 그들의 앞이나 위에 서면
서 지금껏 얼마나 많은 프로젝트를 성공시키고, 그르치고,
다시 성공시켰을까. 그도 국장과 면접을 봤을까. 그 면접에
서도 국장은 캐스팅한 이유에 대해 솔직하게 말했을까. 엘고
나인에 가는 것보다 목숨이 더 싸다고 판단한 이가 지구상에
당신밖에는 아무도 없었노라고….

"금방 자기만의 세계로 빠져버리네?"

식판에서 고개를 들었다. 그의 말대로였다. 두서없이 밀
려드는 생각들과 함께 숟가락으로 미역국을 휘젓고 있는 동
안 그가 나를 빤히 지켜보고 있었다는 사실조차 모르고 있었

다. 사람을 앞에 두고 그런 말을 하는 건 무례한 것 아니냐고 따지고도 싶었지만, 사람을 앞에 두고 금방 자기만의 세계로 빠져버리는 사람이 할 말도 아니어서 그만두었다.

"죄송합니다."

"아니, 죄송까지야. 그냥 좀 친해지자고 한 소립니다."

"눈치 없이 한마디 얹었다가 갑분싸 만드는 게 우리 대장님 특기예요."

남은 밥알들을 싹싹 긁어모으던 기훈이 끼어들었다.

"까뿌싸? 그게 어디 나라 말이냐?"

"갑분싸요. 갑자기 분위기 싸하게 만든다고요."

문호는 기훈의 말을 못 들은 척하며 첫 숟가락을 떴다. 우리는 잠시 동안 식당에 있는 다른 평범한 직원들처럼 식사에 집중했다. 휴가를 얼마큼 받았다든가 이번엔 어느 나라로 갈 거라는 둥 옆 테이블에서 대화를 주고받는 사람들과 비슷한 톤으로 나는 불쑥 물었다.

"정말 거기에 무언가가 있을까요?"

"어디요?"

"엘고나인."

문호가 씹던 것을 멈추고 나를 바라보았다. 얼굴에서 웃음 기가 빠르게 사라지는 모습을 보았지만 그는 모른 척 은빛으로 반사되는 식판의 귀퉁이만 바라보았다. 기훈은 마치 정답을 말하고 싶어 어쩔 줄 모르는 학생처럼 손을 번쩍 들고 말했다.

"당연히 있죠! 아니면 미국이 미쳤다고 자금을 그렇게 대 줘요?"

기훈은 그 밖에도 행정 부서에서 일하는 자신의 절친이 알려줬다는 '극비'들을 신난 얼굴로 얘기해 주려 했으나 문호가 일축했다.

"믿음이 뭐 그리 중요하겠습니까. 과학적 증거가 중요하지."

하루 정도 면도하지 않아 빽빽하게 수염 난 턱을 문지르며 문호가 말했다.

"그러니 이번 임무의 성패는 실상 김 박한테 달려있다고 할 수 있지요."

"에이, 박사님한테 너무 부담 주지 마세요."

"너는 부담 좀 가져라, 인마."

문호가 냅킨을 한 뭉치 집어 들어 기훈의 입을 틀어막듯이 문질렀다. 기훈은 귀찮은 기색이 역력한 표정으로 문호의 손길을 피해 이리저리 고개를 돌렸다.

"어정쩡한 팀원은 필요 없으니까."

문호의 시선은 여전히 기훈을 향해있었다. 그러나 그건 나한테 하는 말이었다. 식사를 마저 하는 동안 문호는 나에게 한 마디도 하지 않았고, 그가 대답을 채근한 것도 아니었건만… 나는 할 말이 없는 입술을 한동안 벙긋거렸다. 잔잔한 수치심이 올라왔고, 이내 목 안쪽과 귀 끝이 달아오르는 것을 느꼈다.

결국 나는 먼저 자리에서 일어났다.

"이만 들어가서 쉬겠습니다."

문호를 향해 가벼운 목례를 하고 돌아섰다. 등 뒤로 기훈과 문호가 주고받는 속삭임이 들려왔다. 대장님 때문이잖아요. 이 새낀 뭐만 하면 나 때문이래? 당연하죠, 한사코 대장님 때문이에요…. 식당을 빠져나온 뒤에도 여전히 그들의 말소리가 쫓아오는 듯했고, 나중엔 맹렬하게 공격해 오는 벌처럼 귓가에 웅웅거림이 남았다.

생활관으로 돌아오자마자 씻고 환복한 뒤 평소보다 일찍 침대에 누웠다. 급격한 피로감에 눈을 감았지만 잠이 오지 않았다. 어정쩡하다니, 누가요? 내가? 그걸 어떻게 아는데? 네가 나에 대해 뭘 아는데? 네가 뭔데? 씨근거리던 나는 침대에서 일어나 냉장고에 있던 물통을 통째로 들이켜기 시작했다. 꿀꺽거리는 소리와 함께 물통의 물이 층층이 내려가 바닥에 닿을 때쯤, 비로소 뜨끈했던 머리가 미지근하게 식은 느낌이 들었다. 빈 공간 없이 최대한 찌그러뜨린 물통을 개수대에 눕혀놓고 한참을 바라보았다. 그런 뒤 침대로 돌아왔고, 한결 진정된 마음으로 잠을 청할 수 있었다.

우주선 발사 2주 전, 처음으로 전 대원이 모여 실물 크기의 우주선 모형에 탑승해 보고 이런저런 모의 테스트를 해보는 날이었다. 간밤 오래 뒤척이다 동이 틀 때가 되어서야 겨우 잠이 들었던 나는 알람 소리를 듣지 못하고 정해둔 시간을 훌쩍 넘겨 일어나고 말았다. 잡히는 옷을 급하게 주워 입고 책상에 펼쳐져 있던 우주선 매뉴얼 북을 가방에 쑤셔 넣었다. 이상할 정도로 오지 않는 엘리베이터를 초조하게 기다리다가 뒤늦게 점검 시간인 것을 알았다. 구겨 신은 운동화를 헐떡이며 할 수 없이 비상계단을 뛰어 내려갔다. 흔히 '목업실'이라 불리는 우주선 모형 훈련 시설은 하필이면 생활관에서 가장 먼 북쪽에 있었다. 최신식 탑승형 잔디깎기로 앞마당 잔디를 깎고 있던 직원에게 목업실까지 가줄 수 있느냐고 물었다. 직원은 그런 부탁을 들은 게 한두 번이 아니었던지 이럴 거면 월급에서 대리기사비까지 쳐줘야 하는 거 아니냐며 툴툴댔다. 그러면서도 어떻게 하면 1인용 잔디깎기에 안정적으로 한 사람이 더 올라탈 수 있는지 알려주었다. 그렇게 잔디깎기를 타고 면적 6킬로미터에 육박하는 한국 최대의 우주센터를 가로질러 가는 동안 덜덜거리는 진동을 견디면서 먹은 것도 없는 속이 울렁거렸다.

금방 기절해도 이상하지 않을 만큼 새파랗게 질린 얼굴로 목업실에 도착하자 경비원이 하품하던 입을 다물고 나를 쳐다보았다. 손목시계의 시간을 확인한 그의 얼굴에 혼란스러움이 번졌고, 나는 문 앞에서 퇴짜를 당할까 봐 겁을 집어먹었다.

"늦어서 죄송합니다."

뒷주머니에 쑤셔 넣었던 신원확인증을 건넸다. 경비원이 확인증 속 사진과 나의 실제 얼굴을 번갈아 보는 동안 괜히 매무새를 가다듬고 삐져나온 잔머리를 수습했다. 경비원이 확인증을 돌려주며 난감한 목소리로 물었다.

"김지유 박사님, 혹시 아침에 공지 못 받으셨나요?"

"네?"

"엘고나인 프로젝트 대원들의 목업실 훈련은 오후로 변경되었어요. 정확히는⋯."

경비원이 손목시계를 확인한 뒤 알려주었다.

"4시간 28분 남았네요."

곧바로 휴대폰을 열고 읽지 않은 메일이 999⁺개 쌓여있는 메일함에 들어가 보았다. 경비원의 말대로 훈련 시간이 바뀌었다는 공지 메일이 와있었다. 일단 최악의 사태는 면했다는 안도감에 꽉 막힌 것 같았던 명치 부근이 조금씩 풀리는 느낌을 받았다. 잠시 벽에 몸을 기대고 숨을 고르는 동안 진심으로 걱정됐던 경비원이 휴대전화를 꺼내 들고 물었다.

"괜찮으신가요, 박사님? 응급 콜을 불러드릴까요?"

"아뇨."

나는 멀미의 원인, 잔디깎기를 빌려 타고 온 경위를 설명하며 금방 괜찮아질 거라고 그를 안심시켰다.

"그렇다곤 해도 4시간 28분을 어떻게 기다려야 할지…."

"이제 27분입니다."

"네… 27분을 어떻게 기다려야 할지 모르겠네요."

거기까진 자신의 소임이 아니라는 듯 경비원은 어깨를 으쓱해 보이며 자리로 돌아갔다. 그렇게 나에 대한 그의 관심이 완전히 끝나버렸다고 생각한 순간, 경비원이 다시 한번 데스크 옆으로 얼굴을 삐죽 내밀고 나를 바라보았다. 어떤 일에 벌써 이골이 나버린 지 오래지만 그렇다고 타고난 직업적 근면함을 버리지도 못하는… 이중고로 찌들어 버린 눈빛이 마치 잔디를 깎던 직원의 그것과도 닮아있었다.

"미리 들어가 보시겠습니까?"

실물 크기로 제작된 서리빛호의 모형은 모형이라는 생각이 들지 않을 만큼 정교하고 아름다웠다. 사진이나 영상 자료로 숱하게 봐온 우주선이었지만 아무래도 지금껏 '이것'을 타고 우주로 나간다는 자각이 없었던 모양이다. 배를 보면 바다가 떠오르듯이 나는 서리빛호의 모형을 보고 나서야 비로소 우주라는 공간을 떠올릴 수 있었다. 그 모든 고강도 훈련들이 무색할 정도로 갑자기 엄두가 나지 않았다. 반쯤 벌린 입을 다물지 못한 채 모형을 바라보고 있는데 갑자기 누군가 모형을 받치고 있는 드라이브 뒤에서 얼굴을 내밀었다. 제법 먼 거리였지만 그 순간 분명하게 눈이 마주친 느낌이 들었다. 동시에 등이 뻣뻣하게 경직되었다. 나 말고도 목업실에 미리 도착한 이가 또 있었다는 중요한 사실을 경비원이 미리 알려 주었더라면 조금 더 신중하게 판단했을 것이다. 모르는 사람과 4시간 남짓한 시간을 보내겠다는 무모한 결정은 내리지 않았을 텐데. 그사이 빠른 걸음으로 여자는 벌써 내 앞에 도착해 있었다.

그녀는 창백해 보일 정도로 피부가 얇고 희었는데 머리칼이나 눈동자의 색소 또한 옅은 편이어서 전체적으로 윤곽이 희미한 인상을 주었다. 하지만 무엇보다도 여자를 반투명한 유령처럼 보이게 했던 것은 바로 눈빛, 꺼진 지 오래된 장작처럼 모든 생명력이 빠져나가 버린 듯한 텅 빈 눈빛이었다.

"엘고나인 프로젝트 엔지니어, 전인서입니다."

인서가 손을 내밀었다. 하지만 막상 맞잡은 손을 한 번 흔들기도 전에 그녀는 소스라치듯 손을 먼저 내뺐었다.

"저는 해양생물학 박사….."

"김지유 박사님."

내 목에 걸려있던 신원확인증을 본 인서가 대답을 가로챘다.

"동기가 뭐예요?"

"네?"

"무슨 동기로 지원했냐고 물었어요."

우주센터에 입소한 이래 누구에게도, 심지어 나를 캐스팅한 국장에게서도 들어보지 못했던 질문이었기에 몹시 당황했나. 금방 대답할 말이 떠오르지 않았지만 그녀에게 두 번, 세 번 되묻게 하면 안 될 것 같았다. 내 입은 우주인들의 인터뷰에서 숱하게 보았던 말들 중 하나를 앵무새처럼 읊고 있었다.

"지식인으로서 당연한 소명이라 생각했습니다."

천천히 고개를 끄덕이던 인서의 입가에 어느새 비릿한 웃음이 번졌다. 그녀는 쓰고 있던 안경을 벗어 칼라 사이에 끼웠다. 얼굴의 반을 걸치고 있던 안경이 사라지니 볼과 코를 가로지르는 주근깨가 도드라져 보였다.

“그런 거 말고.”

그녀가 말을 이었다.

“있잖아요? 진짜 이유.”

“네? 그게 무슨….”

“정신 멀쩡히 박혀서 이 프로젝트에 참가한 사람은 없어요. 단 한 명도.”

인서에게서 작업복에 배여있던 금속성의 냄새와 땀 냄새가 희미하게 풍겨왔다. 문득 그녀가 얼마나 일찍 목업실에 와서 작업을 하고 있었던 건지 궁금했다. 혹시 이곳에서 밤을 새웠을까. 푸르스름하게 그늘진 눈 밑은 그 때문인 걸까. 그녀는 왜 처음 본 나의 ‘진짜 이유’를 궁금해할까. 그런데 우리가 처음 본 게 맞긴 한가. 훈련실이나 구내식당에서조차 제시간에 나타나는 법이 없어 지금껏 한 번도 마주치지 못했던 그녀인데. 간밤에 잠은 잘 잤는지, 당신 눈에 힘이 없는 건 단순히 잠이 부족해서인지, 아니면 긴 시간 동안 조금씩 단계적으로 당신을 그렇게 만든 무언가가 있었는지, 그러나 날마다 그런 것은 아니고 푹 자고 난 뒤에는 가끔씩 생기로 반짝이기도 하는지…. 빨려 들어갈 듯 인서의 눈동자를 바라보는 동안 나는 이상하게 그런 것들이 궁금해지고 있었다.

“그게 왜 궁금하신데요?”

끝까지 못 알아들은 척하는 선택지도 있었지만 그러지 않기로 했다. 우리 서로 '척'하지 말자. 그것이 인서가 내게 내민 인사였고 이제 무슨 대답을 하느냐에 따라 내 첫인상이 결정될 터였다. 그녀에게 재미없는 사람으로 낙인찍히는 일만큼은 절대로 피하고 싶었다. 왜냐하면 우린 2주 뒤 지구를 떠나야 하고, 언제 끝날지 모르는 시간 동안 얼굴을 맞대야 하며, 그 얼굴이 철갑으로 무장한 가면인 것보다는 주근깨가 보이는 맨살인 편이 훨씬 재미있을 테니까.

"그게 뭐든 간에 다시 생각해 봐요."

"여기까지 와서요?"

"마지막 기회라는 거예요. 평범하게 살 수 있는."

"실장님은 그만두실 건가요?"

인서의 연한 갈색 눈동자가 다시금 나를 들여다보았다. 거기엔 어떠한 감정도 실려있지 않았다.

"난 늦었고."

인서가 칼라 사이에 끼워두었던 안경을 다시 썼다. 그것이 대화가 끝났다는 그녀만의 신호였는지 미련 없이 내게서 등을 돌렸다. 서리빛호의 모형으로 돌아간 인서는 아무 일도 없었다는 듯 작업을 재개했다. 모듈의 발판을 뜯어내고, 접합하고, 다시 갈아 끼우는 숙련된 동작들을 나는 멍하니 서서 바라보았다. 그녀의 인식 범위에서 내 존재는 일찍이 소거된 지 오래라고 생각했다. 그래서 그녀가 큰 소리로 다시금 나를 호명했을 때는 적잖이 놀라고 말았다.

"할 일 없으면 그 발판들 좀 박스 옆으로 옮겨주시든지."

어이가 없었지만 그녀의 말대로 달리 할 일도 없었기에, 소매를 걷어붙이고 겹겹이 쌓여있던 발판들을 순순히 들어 올렸다.

우주선 발사 일주일 전, 프로젝트의 전 대원이 항공국에서 감금에 가까운 격리 생활을 시작했다. 감염병에 걸리는 일을 예방하기 위해서였다. 기훈은 우주선에 함께 탑승할 식구라며 바질 시험관을 보여주었다. 우리나라에서 손가락 안에 드는 뷰티 기업과 파트너십을 맺고 진행하는 연구라고 했다. 보아하니 우주 환경이 바질의 향미 성분이나 영양소에 미치는 변화를 비교 분석해서 획기적인 신제품을 개발하고 싶어 하는 듯했다. 그 얘기를 처음 들었을 때는 어이가 없었는데 생각해 볼수록 감탄이 나오는 일이었다. 살아 돌아올지 어떨지도 모르는 이 프로젝트에 연구를 의뢰하고 싶어 하는 곳은 아무도 없었을 텐데 아뿔싸, 뷰티 기업이라니. 어떻게든 조금이라도 더 해먹을 수 있는 기회가 없을까 궁리하고 궁리하던 우주항공국에게는 최고의 발상이라 할 수 있었다.

조종석에 올라탈 때까지 우리는 서로에게 한 마디도 걸지 않았다. 옆 좌석에 앉은 인서와 잠깐 눈이 마주쳤지만, 빛이 꺼진 듯한 눈빛에서는 앞으로의 긴 여정을 함께 할 동료에 대한 일말의 애정이나 유대감도 찾아볼 수 없었다. 인서는 나뿐 아니라 나머지 팀원들 역시 투명 인간 취급하기 일쑤였고, 나는 그런 인서가 재수 없었다기보다는… 사람을 대하는 공평한 자세에 도리어 현혹되는 경우가 더 많았다.

반면 인서를 대하는 사람들의 반응은 제각각이었다. 엄마나 이모뻘 되는 그 나이대 여성을 대하는 것이 영 익숙지 않다는 본인의 말마따나 기훈은 인서 앞에만 서면 벌서는 아이처럼 눈치를 보거나 주눅이 들곤 했다. 또는 칭찬 받고 싶은 강아지처럼 시도 때도 없이 주위를 기웃거리며 보이지 않는 꼬리를 흔들었다.

문호는 무엇보다도 자기 존재가 무시당하는, 그러니까 호감을 사지도 않고 반감을 사지도 않으며 말 그대로 통과당할 수 있다는 사실 자체를 받아들이지 못하는 것 같았다. 그런 일은 있을 수 없었고 있어서도 안 될 일이었다. 급기야 그는 인서의 영혼에는 돌이킬 수 없이 다친 부분이 있어 제3자 입장에서는 이해할 수 없는 방어기제가 발동되는 거라 믿기 시작했다. 정확히 그게 무슨 뜻인지 길게 풀어서 설명할 시간이 없을 때는 '인격에 장애가 있다'며 간단히 축약했다. 그것이 문호가 인서를 '도와야 하는' 이유였다. 그는 어디서든 인서를 마주칠 때마다 유령처럼 자신을 스르륵 통과해 가려는 그녀를 붙잡아 세우고 뻔뻔하게 스몰토크를 시도했다. 밤샘 작업을 마치고 피로에 찌든 인서의 안색이 점점 창백해지든지 말든지 그건 신경 쓸 바 아니었다. 결국 인서는 문호의 그림자만 보아도 질색하며 도망치는 지경에 이르렀다.

안전벨트를 착용하면서 나는 '정신 멀쩡히 박혀서 이 프로젝트에 참가한 사람은 한 명도 없다'던 인서의 말을 곱씹어 보고 있었다. 외계 생명체 탐사라는, 성공하기만 한다면 인류 역사에 영원히 이름을 남길만한 초대형 프로젝트에 한국인이 파일럿으로 올라탈 수 있었던 이유는 간단했다. 그저 참가 승인을 받지 못한 나라들을 제외하니 우선순위가 한국까지 내려왔기 때문이었다. 외계 생명체를 찾으러 태양계 바깥까지 날아가기에 현재 기술력으로는 리스크가 너무 컸다. 그렇다고 인류 최초로 외계 생명체와 조우할 기회를 놓칠 수도 없었던 미국의 우주 기업 시어리움은 우주선을 만들 자금과 기술을 조달해 주는 대신 인력을 대줄 나라를 찾아 나섰다. 그리고 우주 사업에 뒤늦게 뛰어든 편에 속한 한국은 자국에서는 꿈도 꾸지 못할 천문학적인 지원금을 받을 수 있는 기회를 놓치지 않았다. 비행사 네 명의 목숨값은 그에 비하면 껌이었다. 마침내 지금, 우주를 떠날 채비를 하며 서리빛호의 조종실에 모여 앉게 된 우리 네 명 중 그 사실을 몰랐던 사람이 있었을까? 아니, 우리 모두는 스스로의 목숨을 껌값… 정도로 협상하고, 심지어는 기꺼이 적극적으로 협상하고, 지구에 다신 돌아오지 못한다 해도 찍소리 하지 않겠다는 조항을 우습게 여기며 서명한 사람들이었다.

한번은 격리 기간 동안 너무도 심심했던 기훈이 트럼프를 들고 내 방에 찾아온 적 있었다. 나는 기훈이 나눠주는 카드를 받으며 무심코 물었다.

"너는 여기 왜 지원했니?"

손안에 들어온 검은색 조커 카드가 입꼬리를 샐쭉 올린 채 웃고 있었다. 조커는 잘못 쓰면 자멸하는 카드다. 처음 카드 게임을 배웠을 때, 기훈이 제일 먼저 내게 가르쳐 준 법칙이었다.

"빚 갚으려고요."

기훈이 짝을 맞춘 카드를 내려놓으며 말했다. 아버지가 남긴 빚을 갚기 위해 지원했다고. 그 말을 하는 기훈의 표정은 SNS에 심심풀이로 올릴 사진을 찍을 때만큼이나 아무렇지 않아 보였다.

"다른 일도 많잖아?"

"전부 갚으려면 인생 다 써야 해서요. 근데 아시잖아요. 이번 임무 성공하면 얼마 주는지."

"아버진 어디 계시고?"

"지옥에요."

"……."

"지금쯤. 아마도?"

기훈이 들고 있던 카드를 전부 내려놓았다. 그는 빈 손바닥을 펼쳐 보이며 씩 웃었다. 그의 승리였다. 기훈과는 쉬는 날마다 트럼프며 각종 카드 게임을 종종 하곤 했지만 한 번도 이겨본 적 없었다.

"이것도 다 아버지한테 배운 거예요. 아버지가 도박하셨거든요."

기훈의 아버지는 기훈의 등굣길을 배웅한 뒤 혼자 집에서 목숨을 끊었다. 달리 유서도 없었다. 그가 남긴 건 도박으로 진 빚뿐이었다. 어린 기훈은 그 빚을 안고 살아갈 자신은 없었지만 죽을 수는 더더욱 없었다. 지옥에서 아버지랑 재회할까 봐. 왔어? 하고 염치도 없이 웃으며 아들을 반겨줄 것만 같아서.

그것이 기훈이 지금까지 살고 있는 이유였다.

"그러는 박사님은요?"

나는 게임에 집중하는 척 들고 있는 카드를 노려보기만 할 뿐 입을 다물고 있었다. 그것이 순순히 질문에 답한 기훈을 배반하는 것처럼 느껴졌지만 어쩔 수 없었다. 기훈도 더는 묻지 않았다. 우리는 몇 판 정도 게임을 더 했지만 전부 싱겁게 끝났고, 판을 접은 뒤 기훈은 우주선에 들고 갈 바질의 종류에 대해 짧게 떠들다가 방으로 돌아갔다.

기훈이 나간 뒤 갑자기 조용해진 방 안이 어색했다.

"지켜야 할 약속이 있어서 지원했어."

뒤늦게 대답해 보았다.

나는 하진이 실종되기 직전 나누었던 마지막 대화를 떠올렸다. 우리는 우리가 처음 만났던 바닷가에 나란히 앉아있었다. 나는 학계에 막 발표된 따끈따끈한 소식을 하진에게 들려주고 있었다. 두꺼운 얼음층으로 둘러싸인 행성, 엘고나인에 외계 생명체가 살고 있을 가능성에 대한 얘기였다.

―어떻게 생명체가 살고 있다는 거야?

하진은 말도 안 된다는 듯 고개를 저었다. 저 무한한 우주에 생명체가 살고 있는 행성이 설마 지구뿐일 리는 없겠다만, 아마 사는 동안에는 발견될 일이 없을 거라 그녀는 믿고 있었다.

―얼음층 밑에 바다가 흐르고 있다면 얘기는 달라지지.

바다라는 말에 하진의 눈빛이 바뀌었다. 뒤늦게 흥미를 보이며 그녀가 나의 팔을 붙잡고 아이처럼 보챘다.

―얼마나 아름다울까?

얼음으로 둘러싸인 세상이란 건 온통 하얄까. 검은 우주에서 홀로 빛날까. 얼음을 이불처럼 덮고 있는 바다는 얼마나 고요할까. 그 바다에 사는 생명체는 어떻게 생겼을까. 쉴 새 없이 쏟아지는 하진의 질문에 일일이 대답하기를 포기한 나는 별생각 없이 얘기했다.

―기술이 더 발전하면 언젠가 직접 가볼 수 있겠지. 그때 내가 보고 와서 말해줄게.

거짓말은 아니었지만 뻔뻔스럽게도 나는 내가 정말로 엘고나인에 갈 수 있으리라고 생각하지는 않았다. 그런 약속 같은 거, 오래오래 행복하게 살자, 그냥 그런 말만큼이나 아무 의미 없는 거라고 생각했으니까.

정말이지 꿈에도 몰랐어, 나는.

서리빛호가 막 지면에서 한 뼘 떨어지기 직전까지도 나는 그렇게 생각했다.

2

엘고나인 탐사 7일 차.

하얀 얼음층으로 뒤덮인 아름다운 행성에 지구인 최초로 발을 내딛었다는 성취감에 휩싸여 부르르 떨리는 심장을 남몰래 움켜쥐던 시간들이 지났다. 그러자 설마 여기까지 와서 아무것도 발견하지 못한 채 지구로 돌아가게 되는 건 아닐까 하는 두려움이 모두의 마음에 피어나기 시작했다. 마치 기훈이 가져온 바질 시험관 속 바질처럼, 하룻밤이 지날 때마다 두려움은 급속도로 자라났다.

탐사 8일 차.

이제 외계 생명체가 살아있다는 흔적을 발견할 역사적인 날이 오늘이 될 수 있다는 희망 따위는 아무도 품지 않았다.

끝도 없이 펼쳐진 빙판 위를 걸으며 다들 머릿속이 복잡했다. 오늘도 아무 일 없었다는 말을 또 어떻게 창의적인 표현으로 포장해야 할지 걱정이었다.

"뭐가 있긴 있는 거예요?"

감히 아무도 물어볼 수 없었던, 입 밖으로 내뱉는 순간 누구 하나 멱살이라도 잡지 않으면 끝나지 않을 것 같아 어금니를 깨물고 간신히 참고 있었던 바로 그 질문을 기훈이 해냈다.

대열의 가장 앞에서 걷고 있던 문호가 걸음을 멈추었다.

나는 문호가 받는 스트레스 역시 만만치 않다는 사실을 알고 있었다. 모두가 어떤 새로운 사실이라면 아주 사소한 것이라도 보고하려고 횡설수설할 때, 문호는 스크린에 띄워진 자신의 덤덤한 얼굴을 마주 보며 딱 한 마디로 간결하게 녹화 기록을 마쳤다.

"외계 생명체 흔적 없습니다."

표정도, 멘트도 똑같았다. 언젠가 이 데이터를 보게 될 사람들이 각각의 영상들이 과연 다른 날에 녹화한 게 맞는지 진위를 의심하더라도 딱히 할 말 없는 수준이었다.

차라리 난제 앞에서 강해지는 타입인 문호는 아무 장애물도 없는 빙판 위를 걸으면 걸을수록 적잖이 당황했던 게 틀림없다. 그래서 기훈이 들고 있던 알루미늄 스틱을 빙판에 다소 신경질적으로 꽂은 뒤 금기의 질문으로 모두를 멈추게 했을 때, 나는 처음으로 팀원들 간의 폭력 사태가 일어날 것을 대비하여 방어 자세를 취했다.

"1시 방향, 약 50미터 앞."

문호의 브리핑에 모두의 눈길이 1시 방향으로 향했다. 어떤 경계선을 기점으로 흰 빙판이 뚝 끊어지고 깊이나 부피를 가늠하기 어려운 어둠이 펼쳐져 있었다. 피아노의 백건과 흑건처럼 대비가 뚜렷한 경계선은 오래 보고 있을수록 현기증이 났다.

"김 닥, 저게 뭔 거 같습니까?"

맨 뒤에 있던 기훈이 보지도 않고 소리쳤다.

"설마 외계 생명체?"

흥분을 주체하지 못하고 펄쩍펄쩍 뛰던 기훈이 중심을 잃고 고꾸라지기 직전에 문호가 재빨리 그를 잡아 세웠다. 무표정하기만 했던 인서의 얼굴에도 사뭇 긴장감이 감돌았다. 나는 떨리는 목소리가 송신기를 타고 모두의 귀에 덜덜어진 바보처럼 들리지 않도록 애쓰며 신중하게 대답했다.

"구멍… 같은데요."

"구멍이요? 무슨 구멍?"

　기훈이 다그쳤고, 심지어 문호와 인서마저도 합세하여 무언의 눈길로 대답을 재촉했다. 나는 1시 방향, 약 50미터 앞의 검은색 호수처럼 뚫려있는 구멍을 바라보며 여전히 할 말을 고르는 중이었다. 아직 확실하지 않은 가능성으로 그들의 마음을 어지럽히고 싶지 않았다.

　"자연적으로 생긴 구멍이라 보기엔 어렵습니다. 얼음층의 위나 아래로부터 외부의 힘이 가해졌을 가능성이 커요."

　"외부의 힘이라면?"

　문호가 나의 말꼬리를 잡고 늘어졌다. 기훈은 답답한 듯 주먹으로 가슴을 치는 시늉을 해보였다.

　"외계 생명체가 뚫은 거 아닐까요?"

　"아니, 아직은 확신할 수 없습니다."

　엄연히 과학자로서의 직업윤리라는 게 있는 법이다. 개인적 욕망과 과학적 증거를 혼용하는 건 아마추어도 하지 않는 실수다.

　"확신할 수 있게 해드리죠."

　발발 뛰는 기훈을 잠시 나무란 뒤 문호는 구멍을 향해 출발했다. 대열은 문호, 나, 기훈, 인서의 순서를 유지했다. 문호는 안전을 위해 구멍으로부터 몇 미터 떨어진 곳에서 걸음을 멈추었다. 나는 대열에서 홀로 이탈하여 구멍에 더 가까이 다가갔다. 조금만 더, 조금만 더… 조급한 마음을 완전히 숨기지 못한 두 발이 동동거렸다.

"그만. 더 가까이 가지 마세요."

어느새 뒤따라온 문호가 나를 붙잡아 세웠다.

"그치만."

나는 거대한 아가리를 벌리고 있는 구멍 속 캄캄한 어둠을 향해 손을 뻗었다.

저 아래에 있을 텐데.

바다가.

"관찰은 여기서도 충분합니다. 보이는 사실들을 레코드 켜고 녹음하세요."

꾹 감고 있던 눈을 뜨니 나를 통째로 집어삼킬 듯이 일렁이던 거대한 칠흑색 파도의 환영이 물러나고 다시금 검은색 구멍이 나타났다. 숨을 크게 들이마시고 심호흡을 했다. 문호의 지시에 따라 왼쪽 팔에 장착한 터치스크린을 켜고 레코드 버튼을 활성화했다.

"약 10미터 지름의… 놀랍도록 깔끔한 원형 구멍입니다. 구멍 가장자리의 흔적으로 볼 때, 얼음층 위가 아닌 아래에서 뚫고 올라왔다고 보는 게 타당합니다."

"무엇인지는 둘째 치고."

　나는 '그것'이 아직 '무엇'인지 확정지을 수 없다는 입장을 고집했고 문호 역시 굳이 그것을 꺾으려 하지 않았다. 하지만 그에게서 풍겨 나오는 알 수 없는 여유로움이 나를 부쩍 긴장하게 만들었다.

　"어떻게 뚫고 올라왔다는 겁니까?"

　"이 정도 두께의 얼음층을 깨려면 여러 번에 걸쳐 힘을 가해야 했을 텐데… 좀 이상해요. 구멍 모양이 너무 깔끔합니다. 마치 도구를 사용한 것 같은 느낌이에요. 해머보다는 뾰족한…."

　적절한 표현이 떠오르지 않아 우물쭈물하는 나를 대신해 인서가 대답했다.

　"드라이버? 송곳 같은 거?"

　나는 고개를 끄덕였다.

　"물론 이 경우엔 송곳보다도 훨씬 큰…."

　"해머보다는 뾰족하고 송곳보다는 훨씬 큰? 그런 게 뭐가 있더라?"

　기훈이 혼잣말하듯 물었고 동시에 모두의 시선이 나에게로 쏠렸다. 아기 새처럼 먹이를 기다리는 눈빛들 사이를 미끄러지듯 피하며 바닥만 내려다보고 있던 나는 그대로, 영원히 대답을 유보하고 싶었다. 그러나 결국엔 내가 갖고 있던 단

하나의 대답을 내뱉었다.

"뿔입니다."

문호는 리더로서의 무게를 잃지 않도록 자못 엄중한 표정을 지어 보였으나 입가에 슬며시 떠오르는 승리의 미소까지 숨기지는 못했다.

"외계 생명체에게 뿔이 있다는 말씀입니까?"

"아자잣! 외계 생명체다!"

기훈은 귓가가 찌르르 울릴 정도로 함성을 질렀다.

"아직은 다 가설일 뿐입니다."

"뿔이 달린 외계 생명체가 왜 얼음층에 구멍을 낸다고 보십니까?"

문호의 연이은 질문에 나는 속마음을 들킨 것처럼 가슴이 철렁 내려앉았다. 그것은 내가 구멍을 보며 '뿔'을 생각해 냈을 때부터 머릿속을 가득 채운 질문이기도 했다.

"뿔이 달린 외계 생명체가 있는지 없는지는 아직 모릅니다. 우리에겐 근거가 더 필요해요."

"김 닥."

문호가 목소리를 낮추고 나를 불렀다. 우주에서 우리의 의사소통 방법은 우주복에 달린 송신기였으므로 아무리 목소리를 낮춘다 한들 네 명의 귀에 일정한 볼륨으로 전달되었다. 그 사실을 그도 알고 나도 알고 송신기를 단 우리 모두가 알았지만 문호는 아랑곳하지 않았다.

"우리가 붙잡은 이 동아줄 끝에 뭐가 있는지 대충이라도 계산해 보자 이겁니다. 그게 우리가 2만 광년 넘는 이 행성까지 과학자를 데려온 이유라고 난 생각하는데."

거기엔 과학자에 대한 존중도, 같은 팀원에 대한 예의도 없었다. 문호가 말하는 '우리'에 나는 포함되지 않았다. 가만히 문호를 노려보던 나는 기훈과 인서를 차례대로 돌아보았다. 그러나 그들 중 문호의 말을 부인하거나 이의를 제기하는 이는 아무도 없었다.

나는 고개를 들고 헬멧 너머로 펼쳐진 엘고나인의 잿빛 상공을 잠시 올려다보았다. 끝이 어디로 이어질지 모르는 수많은 동아줄 중 어느 것을 잡아야 추락하지 않고 더 오래 버둥거리며 매달릴 수 있을지 과학자답게 계산해 보았다.

"지상으로 올라오기 위해서겠죠."

"그 이유는?"

"여러 가지가 있을 수 있습니다. 예를 들어 숨을 쉬기 위해서라든가…."

"즉 외계 생명체가 포유류란 겁니까?"

"가능성 중 하나라는 겁니다."

문호는 자신의 터치스크린을 조작하여 모두가 볼 수 있는 공용 지도에 현재 좌표를 표시했다. 그는 좌표의 이름을 '제 1구멍'이라고 입력했다. 제2, 제3의 구멍도 찾아내겠다는 의지가 반영된 것이었다. 하긴, 정말로 이 별에 외계 생명체가 있다면 그리고 그 외계 생명체가 구멍을 뚫고 지상으로 올라와야만 하는 이유가 있다면 구멍이 딱 한 개만 존재할 리는 없었다.

슬슬 크루타임이 끝나가고 있었다. 생체리듬이 변해 시간 관념이 흐려질 수밖에 없는 비행사들의 안전을 위해 정해진 임무 시간을 지키는 건 불가침의 규율이었다. 문호는 흐트러진 대열을 정렬한 뒤 짤막하게 지시했다.

"베이스캠프로 복귀합니다."

돌아가는 중 터치스크린에서 작은 알림음이 울렸다. 곧이어 헤드업 디스플레이에 기훈이 보낸 메시지 한 줄이 띄워졌다.

특기 갑분싸.

나도 모르게 긴장이 풀리며 웃음이 나왔다.

잠시 후 한 번 더 알림음이 울리면서 기훈의 두 번째 메시지가 도착했지만 이번에는 웃음이 나오지 않았다.

우리 기뻐도 되는 거죠?

'기쁠 줄 알았어' 하고 답장을 보내지는 않았다. 나도 내가 기쁠 거라 생각했다. 현미경으로 들여다볼 수 있는 정도의 샘플 튜브 하나만 채집해도 좋겠다고. 실제로 우리가 발견한 건 그 이상이었다. 지름 10미터의 구멍. 그러나 지금 이 순간 극심한 멀미처럼 울렁거리며 요동치는 마음의 정체가 기쁨이 아니라는 건 확신할 수 있었다.

세원 씨에게 오늘 느낀 감정을 어떻게 설명할지 고민해 보았다. 대원들은 하루에 한 번 반드시 신체 기능을 체크하고 정신과 의사, 정확히는 정신과 의사의 뇌 데이터를 기반으로 개발한 AI 프로그램과 면담해야 했다. 나는 간단하게 '세원 씨'라고 불렀다. 우리 중 그렇게 부르는 건 나뿐이었다. 특히 인공지능을 깊이 불신하는 문호는 어쩌다 내 입에서 세원 씨의 이름이 나오면 누구를 말하는지 잠시 어리둥절해하다가 이내 깨닫고는 상한 음식이라도 씹은 듯 역겨워하는 표정을 지어 보였다. 그래도 나는 꿋꿋이 세원 씨를 세원 씨라 불렀다.

세원 씨에게 면담을 요청하면 스크린 화면에 음성을 시각화한 듯한 파동이 뜬다. "안녕하세요" 하고 먼저 인사를 건네는 건 언제나 세원 씨다. 세원 씨의 낮고 침착한 목소리에 맞춰 스크린 속 파동이 일렁인다. 면담 시간은 보통 10분에서 15분 정도. 내담자는 그날 느꼈던 감정을 자유롭게 얘기하거나 세원 씨가 묻는 질문에 대답한다.

문호만큼은 아니었지만 인서 역시 세원 씨를 좋아하지 않았다. 별별 주제가 올라오는 식사 시간이 되면 기훈이 전날 세원 씨와 나누었던 황당한 대화들을 들려주었다. 그때마다 인서는 최대한 인내심을 발휘하여 듣기는 했지만 시간이 지날수록 눈빛에 싸늘한 살기를 띠었다.

"저보고 그러던데요? 죽은 아부질 원동력 삼아 살면 안 된다고."

기훈의 말에 나는 물을 마시다 말고 사레가 들렸다. 기침이 진정된 뒤에도 나를 포함하여 아무도 더 말하지 않았다. 썰렁해진 분위기를 감지한 기훈이 멋쩍게 웃으며 바질 얘기로 넘어갔다. 그러나 내 머릿속엔 오로지 기훈에게 "그렇게 살면 안 되죠" 하고 말했을 세원 씨 음성의 파동만 떠올랐다.

"그녀가 살아있다고 생각하는 게 지유 씨 삶에 어떤 도움이 되나요?"

세원 씨가 면담 첫날 나에게 한 질문이었다. 나는 스크린을 바라보았다. 내가 대답할 때까지 가만히 직선을 유지하고 있는 세원 씨의 '얼굴'을 바라보았다. 나는 세원 씨에게 묻고 싶었다. 왜 그렇게 나를 빤히 쳐다보나요. 내가 당신에게 무슨 잘못을 했길래. 그러나 내 입에선 한 마디도 떨어지지 않았고, 인내심 강한 세원 씨는 할당된 면담 시간이 끝나갈 때까지 침묵을 유지하며 기다렸다. 그렇게 10분 정도가 흘렀고 나는 세원 씨에게 되물었다.

"정말로 살아있다면요?"

잠깐의 망설임도 없이 세원 씨가 대답했다.

"그건 제 질문에 대한 답이 아닙니다. 손하진 씨가 지금까지 살아있는지 아닌지는 아무도 알 수 없습니다. 다만 지유 씨가 어떻게 믿기로 했는가, 그게 중요할 뿐입니다."

"……."

"지유 씨는 하진 씨와의 약속을 지키기 위해 엘고나인 프로젝트에 지원했다고 하셨지요?"

"네."

"엘고나인에 가면 하진 씨를 만날 수 있을지도 모른다고 생각한 적 있나요?"

나는 과장되게 웃었다. 세원 씨가 제정신인지 의아했다. 그러나 인공지능에게 정신이라는 게 있느냐고 물을 수는 없었으므로 점점 달아오르는 얼굴을 숙인 채 글쎄요, 얼버무리는 게 고작이었다.

우주선 출발 전 문호가 정신과 상담 AI 프로그램을 삭제해 달라고 정식으로 요구했다가 퇴짜를 받은 적이 있다는 사실을 알게 된 건 조금 나중에서였다. '어딘가 거칠며 섬세하지 못한 AI의 태도가 비행사들의 정신 건강에 정말 도움이 될 수 있을지 의문'이라는 게 문호가 진정서에 쓴 내용이었다. 그의 말대로 세원 씨에게는 상냥하면서도 가혹한 면이 있었고 나 역시 그가 주는 타격을 피해갈 수 없었다. 그럼에도 나는 이상하게 세원 씨가 싫지 않았다. 한 치의 오차도 없이 일정한 높낮이와 어조로 어제도, 오늘도, 내일도 안녕하셨냐고 묻는 세원 씨의 인사를 듣는 것을 사실은 조금 좋아했다.

오늘 일을 솔직하게 얘기하면 세원 씨는 또 어떤 정신학적 분석으로 나를 평가하게 될까 잠시 궁금해하던 찰나였다.

"전방 100미터 앞."

문호가 걸음을 멈추었다.

기훈이 들뜬 목소리로 물었다.

"또 다른 구멍인가요?"

문호는 대답하지 않았다. 잠시 후 송신기에서 이상한 노이즈가 들렸다. 자세히 들어보니 그건 노이즈가 아니라 희미하게 떨리는 문호의 숨소리였다.

"눈보라다."

그건 우리가 사전에 교육받았던 것과 모순된 정보였다. 인서가 짜증 섞인 목소리로 따졌다.

"그럴 리가요. 엘고나인의 대기는 폭풍이나 눈보라 같은 기

상현상이 일어날 수 없다고 이미 학자들이 분석했잖아요?”

“어쩌라는 겁니까? 지금 눈보라가 우릴 향해 오고 있는데.”

문호의 말에 모두가 입을 다물었다. 문호는 헤드업 디스플레이에 지도를 띄우고 현재 위치를 빨간색 점으로 표시했다.

“안전로프로 서로를 연결합니다.”

문호가 허벅지의 포켓에서 안전로프를 꺼냈다. 문호를 따라 포켓을 뒤적거렸지만 내 손엔 로프라고 할만한 것이 잡히지 않았다.

“로프는 나랑 전 실장만 가지고 있을 겁니다.”

마찬가지로 포켓에서 로프를 꺼낸 인서가 설명을 덧붙였다.

“원래는 선외활동을 할 때 쓰는 거거든요. 눈보라는 전혀 예상에 없던 거예요.”

따라서 로프는 두 개밖에 없는 셈이었다. 문호와 나, 인서와 기훈이 한 팀이 되어 로프를 연결하기로 했다.

“로프를 연결하면 도망치기에 더 불리하지 않을까요, 대장?”

기훈이 불안한 표정으로 물었다.

“누가 도망친대?”

문호는 마지막으로 로프가 제대로 연결되었는지 확인하기 위해 살짝 힘을 주어 당겼다.

“우리 목적은 눈보라가 지나칠 때까지 어떻게든 제자리에서 버티는 겁니다.”

어느덧 눈보라가 코앞까지 다가와 있었다. 그건 흔히 떠올릴 수 있는 눈보라의 모습과는 달랐다. 압도적으로 거대한 순백의 빛무리는 눈보라라기보다는 이 우주를 창조한 신이 내뱉는 입김에 가까워 보였다.

나는 눈보라에서 시선을 떼고 나와 문호를 연결하는 로프를 다시금 바라보았다. 비행사들의 목숨을 지키는 최후의 보루인 만큼 질긴 정도가 강하되, 휴대성을 위해 무게가 덜 나가는 특수 섬유로 만들어진 로프였다. 그 순간 세원 씨가 내게 팀원들과의 관계에 어려움을 느낀 점은 없는지 물었던 것이 떠올랐다. 서로를 믿고 있나요? 그것이 정신과 의사로서 모든 대원들에게 물어보는 의례적인 질문인지, 아님 관심병사를 관리하기 위해 내게만 특별히 한 질문인지, 진실은 알 수 없었지만 나는 최대한 성실하게 답변했다. 아니요. 믿지 않습니다. 갑자기 그날의 내가 애처롭게만 느껴졌다. 만난 지 채 3개월도 안 된 이 사람들과 곧 우주에서 가장 질긴 끈으로 얽매이게 될 줄 그때는 미처 알지 못했으므로.

“최대한 낮게 바닥에 엎드립니다.”

문호의 지시가 떨어지자 우리는 일제히 무릎을 굽히고 낮은 자세를 취했다. 퉁, 헬멧의 딱딱한 부분과 얼음 바닥이 가볍게 부딪혔다. 눈을 감고 숨을 깊이 들이마셨다. 두꺼운 우주복 때문에 얼음의 감촉 같은 것은 느껴지지 않았다. 다만 깃털처럼 미끄러지는 얼음 표면이 얼마나 부드러운지 상상해 볼 수는 있었다. 수십 미터의 두꺼운 얼음벽 밑으로 행성 전체를 혈액처럼 순환하며 유유히 흐르고 있을 바다를 머릿속으로 그려보았다.

"눈은 뜨고, 김 닥."

문호가 나의 헬멧을 톡톡 건드리며 말했다.

"목격하는 게 우리 임무기도 하니까요."

바닥에 엎드린 채 눈보라가 덮쳐오기만을 기다리고 있노라니 심장이 거세게 뛰기 시작했다. 눈보라보다도 빠르게 덮쳐온 건 놀랍게도 죽음에 대한 공포였다. 여기까지 와서 다른 이유도 아닌 겨우 눈보라에 휩쓸려 죽게 된다고 한들 공포와 억울함에 떨 이유는 어디에도 없었지만 그랬다. 모두가 비슷한 감정을 느꼈겠지만 그중에서도 유독 기훈의 모습이 눈에 들어왔다. 기훈은 눈에 보일 정도로 온몸을 떨면서도 이가 부딪히는 소리를 내지 않으려 애쓰고 있었다. 무력함에 빼앗기고 남은 한 줌의 힘을 전부 거기, 턱의 이음새에 실은 듯했다. 무슨 말이라도 해주어야겠다는 생각이 들었지만 막상 무슨 말을 해야 할지 몰라 아무 말이나 내뱉고 말았다.

"한마디씩이라도 할까요. 마지막 유언이 될 수도 있는데."

그 말에 제일 먼저 기훈이 파하, 실소를 터뜨렸다.

"전 무조건 살아 돌아갈 건데요?"

이윽고 문호가 자기는 양지 바른 곳에 묻어달라고 한마디 얹었고, 곧바로 인서가 엘고나인에 양지 바른 곳이 어디 있느냐며 힐난했다. 두 사람의 실랑이를 들으며 낄낄 웃던 기훈의 안색이 약간은 밝아진 듯싶었다.

"그러는 박사님은요?"

"응?"

"무슨 유언을 남기실 건데요?"

황당한 말로 한 번 더 기훈을 웃기고 싶은 욕심이 일었다. 기훈 역시 나를 바라보는 눈빛에 은근히 기대하는 기색이 어렸다. 그러나 다음 순간 숨이 목구멍에 턱 막혀버린 느낌이 들면서 가진 언어를 전부 잃어버리기라도 한 듯 머릿속이 새하얘졌다. 유언. 일전에 죽기로 결심했을 때도 그런 건 생각해 본 적 없었다. 흔들리는 내 눈빛을 알아차린 기훈이 도리어 당황했고, 나에게 무슨 말인가 해주려고 다시 입술을 열었을 때 문호의 목소리가 모든 대화를 중단시켰다.

"온다."

각막 위로 무언가 한 겹 씌워진 것처럼 일시에 모든 시야가 차단되었다. 눈보라가 하늘을 덮고 땅을 뒤덮었다. 로프가 아니었다면 나를 제외한 모두가 갑자기 증발해 버리기라도 한 줄 알았을 것이다. 공포는 여전히 온몸의 근육을 과도하게 경직시켰지만 시간이 흐를수록 나는 그것을 제어할 수 있는 크기와 형태로 다듬어 갔다. 로프는 팽팽한 긴장감을 유지하며 반대편에 연결되어 있는 문호의 존재를 상기시켜 주었고, 이따금씩 두 발이 공중에 붕 뜰 정도로 강한 돌풍이 치기는 했지만 눈보라는 대체로 견딜만한 수준이었다.

문호의 지시에 따라 우리는 몇 분에 한 번씩 서로의 상황을 브리핑했고, 정보 전달을 송신기에 의존한 상태로 각자의 자리에서 버텼다. 눈보라의 세기가 점차 줄어들자 공포 역시 빠르게 사그라들었다. 공포를 차지하고 있던 자리를 메꾼 건 살아남았다는 확신이었다. 그건 굳어있던 근육을 마사지하듯 부드럽게 주물러 주었고, 마비되었던 감각들을 하나둘 움직이게 만들었다. 기훈이 갑자기 배가 고프다며 저녁에 반드시 맛있는 걸 먹어야겠다고 투덜대었다. 나도 그렇다고, 배가 너무너무 고픈 기분이라고 하마터면 아이처럼 맞장구칠 뻔했다. 문호는 한우 스테이크라도 사 먹지 그러냐고, 아무도 안 말린다며 기훈의 투정을 받아쳤다.

그때 송신기에서 이상한 마찰음이 들렸다. 마치 쇠를 긁어 내리는 듯한 날카로운 소리가 사납게 귓가를 파고들었고 물리적인 고통까지 일으켰다. 다행히 얼마 안 있어 노이즈는 멈췄지만 이제 다른 사람의 말소리가 들리지 않았다.

"다들 들려요?"

쉭쉭거리는 바람 소리가 간헐적으로 들려올 뿐 송신기에서는 아무런 대답도 들려오지 않았다. 송신기가 제 역할을 멈추자 갑작스러운 고요가 찾아왔다. 아니, '갑작스럽다'는 것은 착각에 불과했다. 고요는 처음부터 거기 있었다. 작은 기계에 의지하면서 우리가 연결되어 있다고 오해하고 있었을 뿐, 그건 절대로 난데없이 나타난 게 아니었다. 눈보라가 우릴 덮친 순간부터 지금까지 줄곧 이런 고요 속에 고립되어 있었다는 사실을 깨닫자 꺼져가는 불씨처럼 사그라들었던 공포가 다시금 고개를 들었다.

"다들… 저거 …이 … 보여요?"

불현듯 바람 소리 사이로 인서의 목소리가 잡혔다.

"실장님?"

인서의 대답 대신 찢어질 듯한 비명이 울려 퍼졌다. 무슨 일인가 벌어지고 있었다. 벌어지고 있거나 혹은 이미 벌어지고 만 것이 확실했다. 시야는 여전히 흰 광채 속에 잠겨있었고 송신기에서는 희미한 잡음조차 들려오지 않았다. 갖가지 최악의 상황들이 머릿속을 스쳐 지나갔다. 돌풍에 통째로 휩쓸려 버렸나? 드물지만 바람에 섞여있는 얼음 조각 따위의 이물질과 충돌했을 가능성도 있었다. 이물질의 날카로운 부분에 우주복이 찢기기라도 하면 목숨을 잃을 수도 있었다.

손발이 떨리고 호흡이 얕아졌다. 공황 상태에 빠졌을 때의 전형적인 반응이었다. 눈앞에 검은 그림자가 어른거렸다. 이제 헛것까지 보이는가 싶어 눈을 감았다 뜨자 아까보다 검은 그림자가 더욱 가까워졌다. 자세히 보니 그림자의 허리춤에 긴 줄이 빠져나와 있었고 그 줄의 끝에 연결되어 있는 것은 다름 아닌 나였다. 나는 홀린 듯한 얼굴로 자리에서 벌떡 일어났다. 그리고 그가 내게 걸어오듯 나 역시 그를 향해 걸어 갔다. 로프의 간격이 점점 짧아졌고 마침내 나는 문호와 합류했다.

"실장님은요?"

송신기가 망가진 뒤 우리에게 구술로써의 의사소통 방법은 더 이상 통하지 않았지만 딱히 다른 방법도 없었기에 나는 멍청이처럼 목이 터져라 외쳤다.

"실장님한테 무슨 일이 생겼어요!"

내 입 모양을 유심히 바라보던 문호는 알아들은 건지 아닌지 모를 아리송한 표정을 지으며 고개를 살짝 끄덕여 보였다. 그가 곧 무슨 조치를 취하리라고 예상하면서 그의 입 모양만을 뚫어져라 쳐다보았지만 그에게서는 아무런 낌새도 보이지 않았다. 나는 다시 한번 목이 터져라 소리쳤다.

"실장님! 찾아야 돼요!"

차라리 직접 앞장서는 게 빠를 것 같았다. 어느 방향으로 앞장을 서야 하는지조차 알 수 없었지만 가만히 서있는 것보단 나았다. 그러나 막 발걸음을 떼려는 내 어깨를 문호가 잡아 세웠다. 우리는 눈보라가 그칠 때까지 움직이지 않을 것이다. 어떻게 그런 일이 가능한지 알 수 없었지만, 그 순간 그의 단호한 힘이 뜻하는 바가 무엇인지 내 어깨 위로 정확하게 전달되었다.

나는 분호의 손을 내 어깨에서 떨어뜨려 놓았다. 우리는 마주 보며 잠시 상대방의 낌새를 살폈다. 나는 문호의 시신이 내게서 멀어진 순간을 틈 타 재빨리 우리를 연결하고 있던 안전로프를 분리했다. 그리고 출발선의 신호탄이 울리기도 전에 부정출발 하는 달리기 선수처럼 반대편으로 달려 나갔다. 우주복을 입은 데다 바람의 저항을 그대로 맞는 바람에 달리기라고 하기 민망한, 둔탁한 움직임으로 눈보라를 헤쳐나갔다. 같은 조건임에도 문호는 나보다 훨씬 빠른 속도로 나를 쫓아왔다. 럭비선수처럼 달려들며 그가 내 한쪽 발을 붙잡았다. 나는 발길질을 하며 거세게 저항했다. 그러나 저항하면 저항할수록 더욱 옥죄는 덫처럼 그는 단단하게 휘감은 발을 절대로 놓아주지 않았다.

"이거 놔!"

갑자기 문호의 힘이 느슨해지는 걸 느꼈다. 한 번 더 발길질을 하자 발이 완전히 풀려났다. 나는 서둘러 몸을 일으켰다. 그러나 문호는 여전히 바닥에 엎드린 채 움직이지 않았다. 그의 고개가 위를 향해 한껏 젖혀졌고, 동시에 '그것'의 형체가 어렴풋이 그의 눈동자에 담겼다.

나는 문호가 바라보는 방향으로, 그러니까 내 등 뒤, 바로 '그것'이 있을 방향으로 천천히 몸을 돌렸다. 나 역시 '그것'을 한눈에 담기 위해서는 문호처럼 고개를 젖혀야 했다. 고개가 거의 하늘 끝까지 젖혀졌을 때였다. '그것'의 얼굴 부분으로 추정되는 부위 중앙에 곧게 뻗어 나온 무언가가 보였다.

뿔이었다.

머리카락이 쭈뼛 서는 듯한 소름이 돋았다. 저거구나. 바로 저것으로 두꺼운 얼음층을 뚫고 지상으로 솟아 올라왔구나. 한 가지 의문점이 해결되자 동전의 뒷면이 드러나듯 곧바로 다른 의문점이 떠올랐다. 뿔이 제아무리 단단하기로서니 수

십 미터의 얼음층을 뚫는 일에는 엄청난 부담이 뒤따를 것이었다. 자칫하면 뿔이 부러질 수도 있고, 한 번 손상을 입은 뿔은 다시 재생되지 않을 가능성이 컸다. 그럼에도 구멍을 뚫고 나오는 일을 포기할 수 없는 이유는 뭘까. 호흡을 위해서? 먹이를 찾기 위해서? 번식 혹은 산란하기 위해서? 알 수 없었다. 얼음 그 자체를 제외하면 어떠한 자원도 찾아볼 수 없는 이 얼음의 별 위에, 얼음 아니면 자신의 뿔이 부러지는 각오를 하면서까지 올라와야 할 무언가가 정말 있단 말인가? 그런 게 있었다면 180시간 넘게 오로지 이 별을 탐사하는 데 매달린 우리의 수확은 어째서 전무했단 말인가.

눈, 코, 입이라고 할만한 기관들이 대략 어디쯤에 있는지조차 알 수 없었기에, 나는 은빛 점액질로 빛나는 '그것'의 윤곽만을 하염없이 눈으로 쫓았다. 자세히 보니 '그것'의 피부에는 연산호와 유사하게 생긴 미세한 촉수들이 수축했다가 이완하는 동작을 반복하고 있었다. 동물 행동의 시작 형태이기도 한, 그러나 무엇을 잡으려 하는 것인지 지금껏 밝혀지지 않은, 펴고 쥠이라는 행동을 쉴 새 없이.

어느새 다가온 문호가 내 어깨를 잡고 돌려 세웠다. 그가 내 눈을 똑바로 바라보며 무언가 말했지만 고장 난 송신기에서는 아무 소리도 들리자 않았다. 몇 번 더 금붕어처럼 입 모양을 삐끔거리던 그는 잠시 고민하더니 이번엔 주먹을 쥐었다가 펴 보였다. 내가 이해할 수 있을 때까지 그는 천천히 그 동작을 반복했다. 잠시 후 나는 그것이 수신호라는 사실을 깨달았다. 여러 가지 기본적인 수신호들이 분명 매뉴얼 북에 실려있었고, '가다', '멈추다' 같은 간단한 것까진 기억이 났다. 그러나 문호처럼 주먹을 쥐었다 펴는 동작의 뜻은 기억나지 않았다. 나는 그것이 연상시키는 단어를 최대한 직관적으로 떠올려 보려고 노력했다. 쥐다? 놓아주다? 아니다. 두 동작은 하나의 동작처럼 이어지고 있었다. 마치 깜박깜박, 무언가 깜박거리는….

빛.

그것은 빛을 가리키는 수신호였다.

문호가 어딘가를 가리켰고 그곳에 깜박거리는 빛이 보였다. 누군가가 헬멧 라이트를 켰다 껐다 하면서 신호를 보내고 있었다. 인서나 기훈이 자신의 위치를 알리고 도움을 요청하고 있는 게 확실했다.

그때 갑자기 '그것'의 몸통이 꿀렁거리기 시작했다. 척추동물로 치자면 딱 척추가 있을만한 부위가 기이한 모습으로 뒤틀리며 경련했다. 다음 순간 '그것'은 정확히 빛이 깜박이는 근원지를 향해 돌진했다.

처음에는 보고도 믿을 수 없었다. 그토록 거대한 몸집을 가진 녀석이 저렇게나 작고 희미한 빛에 맹렬하게 반응한다는 사실이. 동시에 새롭게 떠오르는 갖가지 추론들로 머릿속이 과부하가 된 나는 그만 한 가지 사실, '그것'이 돌진하고 있는 곳이 기훈 혹은 인서 둘 중 한 사람이 있는 곳이라는 중요한 부분을 깜박 잊고 말았다.

깨달았을 때 '그것'은 이미 눈보라 속으로 사라진 뒤였다. 깜박이던 라이트 역시 흰 돌풍에 묻혀 꺼져버렸다. 두 발이 본능적으로 달싹였지만 어느 방향을 향해 뒤쫓아야 할지조차 알 수 없었다. 나는 문호를 돌아보았다. 문호는 이번에도 수신호로 내게 지시를 전달했고, 나는 그의 주먹 쥔 손을 바라보았다. 그건 손으로 해보일 수 있는 것 중 가장 간단한 동작이었다. Freeze. 정지. 눈보라가 지나갈 때까지 이대로 버팁니다. 나는 문호를 따라 무릎을 꿇고 온몸을 낮추었다. 눈은 감지 않았다. 단 1초도 외면할 자격이 내게는 없었으므로. 아무것도 보이지 않았음을 증명할 수 있는 방법은 끝까지 보고 있는 것뿐이었으므로.

눈보라가 완전히 지나가자 익히 잘 알고 있는 풍경, 질려버릴 정도로 아무것도 없는 엘고나인의 빙원이 다시금 모습을 드러냈다.

먼저 자리에서 일어난 문호가 나를 부축하며 일어나는 것을 도와주었다. 그가 터치스크린을 눌러 지도를 켜기에 나도 따라 지도를 켰다. 지도에 표시된 현재 위치는 놀랍게도 기준점으로 표시해 놓았던 빨간 점으로부터 한참이나 떨어져 있었다. 제자리에서 버텼다고 믿었으나 사실은 방향감각을 상실한 채 계속 이동하고 있었던 셈이다. 멍하니 충격에 빠져있는 나를 두고 문호가 앞장섰다. 문호의 뒤를 따라가는 동안 어안이 벙벙했다가, 걷잡을 수 없이 치밀어 오르는 분함에 눈물이 핑 돌았다. 마침내 '그것'을 보았지만 본 것만으로는 '그것'에 대해 알 수 있는 사실이 아무것도 없었다. 할 수 있는 일은 겨우 출발점으로 돌아가는 것뿐이었다.

잠시 후 지도에 팀원의 위치를 가리키는 새로운 파란 점이 나타났다. 누군가 먼저 도착해 우리를 기다리고 있었다. 반가움에 고개를 들고, 멀리 보일 듯 말 듯한 사람의 윤곽을 향해 손을 흔들며 달려 나갈 때까지만 해도 나는 무엇이 이상한지 알아차리지 못했다.

빨간 점으로 표시했던 출발점에는 한 개의 파란 점, 즉 단 한 사람만이 서있었다.

끊어진 로프를 손에 든 채 망연자실하게 서있던 사람은 인서였다.

3

우주선으로 돌아온 뒤 우리는 지금까지 일어난 상황들과 새롭게 알게 된 사실들을 문서로 작성하는 일에 열중했다. 우리는 '그것'을 같은 빛깔을 가진 보석 이름에서 따와 '고세나이트'라고 부르는 데 동의했다.

"고세나이트가 기훈을 집어삼켰습니다. 통째로… 바닥에 피 한 방울 흘리지 않고요."

나와 문호는 인서의 맞은편에 앉아 그녀가 녹음하는 모습을 지켜보았다. 인서는 도무지 떨림이 멈추지 않는 몸을 연신 주물렀다. 문호가 잠시 멈추자는 사인을 보냈고 나는 담요를 찾아 인서에게 건네주었다. 인서는 담요 속으로 숨어버리듯 몸을 파묻고 나오지 않았다.

눈보라의 이동 경로에 걸쳐있던 서리빛호도 피해를 입었다. 중앙처리장치의 패널 하나가 손상을 입었던 것이다. 우주선 내의 생명유지시스템부터 이착륙 작업까지 무엇 하나 중앙처리장치를 통하지 않으면 안 되었기에 불안감과 고립감은 순식간에 우리의 마음을 어둡게 잠식했다.

인서는 어느 정도 안정을 되찾자마자 곧바로 수리 작업을 시작했다. 그녀는 그날 있었던 사건을 머릿속에서 떨쳐내기 위해 할 수 있는 일이라면 무엇이든 했고, 작업에 몰두하는 건 안정제를 투여받는 것보다 효과가 훨씬 좋았다.

문호 역시 새로운 구멍을 찾기 위한 탐사를 이어나갔다. 나는 문호를 따라다니면서 고세나이트의 이동 경로를 분석하고 출몰 가능성이 높은 지역을 유추하는 데 집중했다. 어떻게 보면 다 같이 정신을 잃은 것도 같았다. 우리는 그날 이후 일만 했고, 어느 순간부터는 마치 기훈이 처음부터 없었던 것처럼 행동했다. 기훈의 죽음에 대해 어떻게 애도의 시간을 가져야 할지 아무도 몰랐고, 누구 하나 먼저 얘기를 꺼내는 이도 없었다. 하다못해 기훈의 뼛조각 하나라도 수습할 수 있었다면…. 그러나 뼛조각 하나를 바라보면서 기훈이었던 것을 되짚어 보는 일을 애도라 믿는 것은 그것대로 끔찍할 것 같았기에 그러한 상상도 그만두었다.

그리하여 기훈의 부재에 대해 우리가 내린 조치는 일단 덮
는 것이었다. 덮는다는 말이 무색할 정도로 덮을 것도 많지
않았다. 기훈의 소지품을 박스에 모아 안 보이는 곳으로 옮
겨 놓는 게 다였다. 아마도 내가 세원 씨를 몹시 그리워하
기 시작한 것도 그 무렵부터였을 것이다. 패널 장치가 복구
될 때까지는 세원 씨를 불러낼 수 없었다. 그럼에도 나는 잠
자리에 들기 전 세원 씨를 부르는 버튼을 누르고 텅 빈 스크
린에 세원 씨의 얼굴이 나타나길 기대하며 바라보았다. 세원
씨라면 이 가짜 평화를 10분 만에 쑥대밭으로 만들 수 있을
텐데. 괴로운 마음을 괴롭다고 실토할 때까지 경악스러운 질
문을 던졌을 텐데.

매순간이 위태로웠지만 그중에서도 다 같이 모이는 식사
시간이 되면 우리의 가짜 평화는 크게 흔들렸다. 스스럼없이
대화를 주도하며 팀원들의 모난 부분들 사이에서 완충재 역
할을 자처했던 기훈의 부재는 무엇으로도 덮을 수 없었다.
결국 인서는 어느 순간부터 식사 시간에 나타나지 않았고,
나와 문호는 음식 튜브를 흡입하다시피 빨아들인 뒤 최대한
일찍 개인실로 돌아갔다.

스스로를 어떻게 수습해야 할지도 모르는 상황이었기에 타
인을 신경 쓸 겨를은 더욱 없었다. 그러나 문득 인서의 건강

이 걱정되기 시작한 건 그녀가 마침내 자는 시간도 줄이고 하루 종일 수리 작업에만 매달리기 시작했을 때부터였다. 대화를 해야 할 시점이 왔다는 걸 알았지만 쉽지 않았다. 인서는 단둘이 대화할 만한 조그마한 틈조차 철저히 봉쇄했고 내게는 열리지 않는 틈을 억지로 비집고 들어갈 용기도, 명분도 없었다. 인서가 보이는 각도의 창문 앞에서 그녀가 작업하는 모습을 바라보다가 돌아오는 일이 잦아졌다. 때로 무언가를 찾는 척하며 창고에 가면 인서를 만날 수도 있었지만, 그럴 때도 인서는 필요한 도구들을 챙기기 바빴고 내 쪽으로는 눈길 한 번 주지 않았다.

계기는 의외로 간단히 찾아왔다.

"새로운 구멍은 발견했나요?"

그녀가 직접 나의 개인실 앞으로 찾아온 것이다. 나는 귀신이라도 본 것 같은 표정으로 한동안 인서를 뚫어져라 바라보았다. 인서의 눈썹이 신경질적으로 치켜 올라간 뒤에야 나는 내가 대답 없이 그녀를 기다리게 했다는 사실을 깨닫고 허둥지둥 입을 열었다.

"아니요….."

"구멍이 딱 한 개만 있을 리는 없잖아요. 그렇죠?"

인서와 대화하게 된다면 무슨 말부터 꺼내야 할지, 그 사이

수많은 버전의 시나리오를 머릿속으로 그려봤지만 이건 전혀 예상치 못한 전개였다. 나는 그다지 자신 없는, 다소 비굴해 보이기까지 한 표정을 지으며 고개를 살짝 끄덕여 보였다.

"그런데 왜 아직까지 발견되지 않는 거죠?"

인서는 나와 문호가 지금보다 탐색 시간을 더 늘려야 한다고 주장했다. 벌써 주어진 시간의 3분의 2가 지난 시점에서 팀원을 하나 잃은 것 외에 아무 소득이 없을 수는 없다는 것이었다. 순간 나는 두 귀를 의심했다. 기훈의 죽음으로 누구보다도 충격과 상처를 받았을 사람이 바로 그녀일 거라 생각했기에, 그녀의 입에서 무신경하게 튀어나오는 가시 같은 말들을 믿을 수가 없었다.

"실장님은… 그러니까 우리는…."

갑자기 쿵쿵 뛰기 시작한 심장 소리가 그녀에게 들릴까 봐 당황한 나는 말을 더듬었다.

"앞으로도 정해진 크루타임을 지켜야 할 의무가 있어요. 특히 실장님은 요새 건강을 해칠 정도로 무리하고 계시잖아요."

"그래서요?"

"그러니까 제 말은… 이미 팀원을 하나 잃은 상황에서…."

"한 명이라도 더 잃을 순 없다, 뭐 그런 말인가요?"

"지금 이 상황이 이해가 안 되는데요."

　대화의 고삐를 잡고 마구 휘두르는 인서에게 더 이상 끌려가 줄 필요를 느끼지 못한 나는 자못 냉정한 표정으로 되물었다.

“왜 화를 내시는 거죠?”

“그럼 내가 감동이라도 받을 줄 알았어요?”

　인서의 입가가 부드러운 곡선을 그리며 방긋 웃는 모양으로 벌어졌다. 그러나 벌어진 틈새로 새어 나오는 건 아주 오랫동안 묵혀둔 적개심과 증오심이었다.

“되도 않는 연기 좀 집어치워요.”

　나는 내가 연기를 한다고 생각하지 않았고 그 표현이 너무 극단적인 나머지 우스갯소리처럼 여겨지기까지 했다. 그러나 한참 동안 머릿속에서 할 말을 찾아봐도 반박할 거리가 떠오르지 않았다. 인서의 말이 틀렸다면 나는 어째서 금붕어처럼 끔벅거리는 입술 사이로 아무 말도 하지 못하는가. 가는 실핏줄이 터져 조금 붉어진 인서의 눈동자는 약간의 연민으로 일렁이더니, 곧이어 분노로 휩싸이며 눈앞의 상대를 맹비난하듯 노려보았다.

“도대체 누가 누굴 걱정하죠?”

　인서가 허리를 숙이고 침대에 걸터앉아 있던 나와 눈높이를 맞추었다. 얼굴과 얼굴 사이의 거리가 비현실적으로 가까워지면서 일순 그녀의 홍채가 시야에 꽉 찼다. 지금 우리에게 닥친 가장 큰 위기가 서로의 안위나 건강 문제 따위가 아니라는 점을 각인이라도 시키겠다는 듯.

"이대로 빈손으로 지구로 돌아가는 거, 그게 진짜 개죽음인 거예요."

인서가 돌아가고 난 뒤 그녀가 남기고 간 여파는 고스란히 내 몫이 되었다. 한동안 어딘가를 세게 후려 맞은 듯한 얼얼함이 가시지 않았다. 긴장이 풀린 탓인지 기진맥진해진 몸이 쑤시기까지 했지만, 잠이 완전히 달아나 버린 탓에 침대에 눕기도 애매했다. 갈 곳 잃은 발을 서성이던 나는 고민 끝에 실험 모듈로 향했다.

실험 모듈은 바질 시험관 담당인 기훈이 자신의 놀이방처럼 드나들던 곳이었다. 안으로 들어서자 제일 먼저 나를 반긴 것은 도합 50개의 바질 시험관들이었다. 전부 말라비틀어졌으리라 예상했던 바질들은 뜻밖에도 푸릇푸릇한 생명력을 뽐내고 있었다. 마치 방금 전까지도 기훈의 손길을 받은 것만 같았다. 나는 기훈이 작성했던 바질의 생장기록보고서의 맨 끝 페이지를 펼쳐보았다. 기훈과는 확연히 다른 글씨체로, 기훈이 죽은 날부터 오늘까지 누군가 기훈을 대신해 기록을 이어 쓰고 있었다. 문호일 리는 없었으므로 인서가 분명했다. 복구 작업만으로도 빠듯해서 자는 시간마저 반납하는 마당에 주인 잃은 바질 시험관들까지 돌볼 필요가 있었을까. 아무런 과학적 발명이나 사명도 갖고 있지 않은, 잘 되어 봤자 인류의 피부에 아주 조금 될까 말까 한 미용적 효과를 가져다줄 뿐인 이 실험에.

보고서를 원래 있던 곳에 내려놓으며 나는 인서가 나에게 마지막으로 했던 충고를 떠올렸다. 그게 진짜 개죽음인 거예요. 처음 이 프로젝트에 참가하겠다고 했을 때 국장이 내게 했던 물음이 떠올랐다. 그건 처음부터 끝까지 신변잡기뿐이었던 면접에서 유일하게 프로젝트에 관련해 물은 처음이자 마지막 질문이었다.

모든 걸 버리고 떠날 수 있겠어요?

굳이 그리 곱게 말씀하시지 않아도 죽음은 각오되어 있다고 대답했더니 국장은 고개를 가로젓고 재차 물었다.

아니요, 그게 아니라. 정말로 모든 걸 버리고 떠날 수 있겠어요?

그때는 그게 텅 빈 통조림통을 콱 짓밟는 소리로만 들렸다. 내게는 이미 지구를 떠나면서까지 들고 갈 무엇이랄 게 없었기 때문이다. 그건 프로젝트에 참가하는 인원 전부에게 건네는 국장의 공통된 질문이었을 것이고, 거기에 대고 우리 네

명 중 누구라도 '아니오'라고 대답한 사람은 없었겠지만.

정말 그랬을까? 우리는 지구를 떠나기 전 모든 걸 내려놓고 떠나왔을까? 그래서 영혼이라는 게 있다면, 죽은 기훈의 유령이 우리에게 괜찮다고 말해줄까? 입안을 너무 세게 짓씹었는지 움푹 파인 곳에서 피 맛이 났다. 그럴 리가 있겠냐? 그럴 리가 있겠냐고? 아버지 먼저 떠나보내고 저 혼자 어떻게든 살아보겠다고 여기까지 온 애인데. 개죽음 같은 거 아무렇지도 않을 리 있겠냐 이 말이다.

밤새 잠을 설치고 물 먹은 솜 덩어리처럼 무거워진 몸을 일으켰다. 식량실에 들러 남아있는 튜브를 집어 들고 입속으로 쥐어짰다. 씹는 행위를 생략해 버리고 간편성과 효율성만 남은 섭식은 가끔씩 울음이 터질 것 같았다. 그러나 우는 대신 해야 할 일이 있었다. 잠겨있던 식량 창고를 뜯어서 기훈 몫으로 쌓여있던 튜브들을 재분배하는 일이었다. 눈대중으로 해도 상관없었지만 모든 튜브들을 일일이 손가락으로 짚어가며 소리 내어 세었다. 그런 뒤 단 한 개라도 많거나 적은 일 없이 정확히 세 사람 몫으로 나누었다. 도중에 인기척이 들려 고개를 들었더니 언제부터 있었던 건지 문호가 조금 당황스러운 눈빛으로 나를 바라보고 있었다. 나는 입으로 숫자를 세던 리듬을 유지하며 문호에게 아침 식사용 튜브를 내밀었다. 문호는 뭐라고 말할 듯이 입을 열었다가 내게서 튜브만 받아 들고 말없이 식량실을 나갔다.

그 뒤 문호와 나는 마주칠 일이 없다가 탐사를 나갈 시간이 되어서야 에어로크에서 재회했다. 우주복으로 환복한 뒤 대기하는 짧은 시간 동안 우리는 서로 다른 곳만 바라보며 어색한 침묵을 견뎠다. 그때 송신기로 인서의 목소리가 들렸다. 오늘이나 내일 안으로 중앙 패널을 복구할 수 있을 것 같다는 보고였다.

"아, 그 망할 의사놈 목소리를 다시 들어야 하다니."

문호는 지독한 악몽을 떠올린 사람처럼 질색하며 목구멍 안쪽에서부터 끓는 듯한 소리를 냈다.

"세원 씨가 들으면 섭섭할 소리네요."

"거, 그렇게 부르는 것 좀 그만둡시다."

"세원 씨를 세원 씨라고 부르지."

"왜 컴퓨터 프로그램에 갖다가 사람 이름을 붙이지?"

"제가 안 지었는데요?"

"그 친구한테 우리가 본 걸 말할 겁니까?"

"글쎄요… 그래야 하지 않을까요?"

문호는 어림도 없다는 듯이 콧방귀를 뀌었다. 보나마나 또 신경 긁는 소리만 해댈 테니 말하지 않는 편이 좋을 것이라는 태도였다.

"왜 그렇게까지 세원 씨를 싫어하세요?"

"김 닥이야말로 정신 차리는 게 좋을걸."

"네?"

"어차피 그치들은 우리를 환자로밖에 안 본다고."

문호가 자리에서 일어나 해치 앞에 섰다. 나는 문호 뒤에 서면서 여전히 그가 한 말의 뜻을 생각하는 중이었다. 그런 나를 훤히 꿰뚫고 있기라도 한 듯 문호가 물었다.

"고세나이트를 봤다고 하면 제일 먼저 뭐라고 할 거 같나요, 그게?"

"…수고 많으셨습니다?"

"집단적 망상이라고 의심할걸."

마침내 압력 게이지가 평형을 가리키며 동기화가 완료되었다는 불이 들어오자 문호가 잠금 레버를 돌리며 중얼거렸다.

"이러나저러나 증거가 없으니까."

해치를 열고 우주선에서 내렸다. 묵묵히 문호의 뒤를 따라 걷는 동안 처음으로 그에게 궁금한 것이 떠올랐다.

"대장님."

"듣고 있습니다."

"대장님은 이 프로젝트에 지원하신 동기가 뭔가요?"

“거 참.”

송신기에서 작은 바람 빠지는 듯한 웃음소리가 들려왔다.

“국장도 안 물어본 걸 다.”

문호가 걸음을 멈추었다. 내 질문 때문은 아니고 발 앞에 나타난 건널 수 없는 넓이의 크레바스 때문이었다. 그는 쭈그리고 앉아 고개를 내밀고 크레바스 아래의 아득한 어둠을 내려다보았다. 그의 관심사는 그 미지 속에 있었고 나의 말 같은 건 들리지도 않는다는 걸 알 수 있었지만 개의치 않았다.

“저는 여기까지 오면 뭔가를 알 수 있을 거라고 생각했어요.”

나는 하진과의 마지막 대화를 떠올렸다. 우리는 나란히 앉아 서로의 어깨에 기댄 채 바다를 바라보고 있었다. 그리고 저 너머에 존재할지도 모르는 또 다른 바다에 대한 얘기를 하고 있었다. 그 바다 밑에 무엇이 살고 있을지 상상해 보면서 백사장 위 누군가 만들어 놓고 간 크고 작은 모래성처럼 우리만의 이야기를 만들어 갔다.

―언젠가 다녀와서 꼭 말해줄게.

내 목소리는 사뭇 담담했다. 아니, 기억은 돌이켜 볼 때마다 매번 달랐다. 어느 날은 오랜 꿈을 고백하듯 흥분으로 조금 떨렸고, 어느 날은 자신감에 찬 과학자의 그것처럼 격앙되었다가, 또 어느 날은 거짓말하는 사람이 제 발 저리듯 들뜨고 조급하게 들려왔다.

그러나 그 말을 들은 하진의 표정은 늘 똑같았다. 끔찍하게 상한 음식 냄새를 맡기라도 한 듯 역겨움이 치밀어 일그러진 얼굴이었다.

—그게 전부야?

그 뒤 벌어진 언쟁은 그즈음의 우리의 관계가 그러했듯 별 소득 없이 감정만 상한 채로 끝이 났다.

"이쯤에서 복귀하시죠."

내 말에 문호는 별로 귀 기울이지 않는 것 같았다. 그는 크레바스를 우회하는 경로를 탐색하기 위해 터치스크린을 조작하느라 정신이 없었다.

"여기만 돌면 금방이에요."

"아뇨. 지구로 돌아가자는 얘깁니다."

그제야 문호가 고개를 들고 나를 쳐다보았다. 그의 눈빛은 아직까지 내 말이 농담일 가능성을 고려하며 판단을 유보하고 있었다.

"무슨 소리 하는 겁니까? 녀석의 머리털 하나는 뽑고 가야 누구라도 믿어줄 거 아니에요."

"저는 우리가 아무것도 보지 못했다고 얘기할 거예요."

"정신 나갔어요, 김 닥?"

문호가 나의 양쪽 어깨를 붙잡고 세게 흔들었다. 그의 말마따나 멀리 달아나려는 내 정신을 대신 붙잡아 두기라도 하려는 듯, 손아귀에서 위협적이고 강압적인 힘이 전해졌다.

"우린 우리가 본 걸 그대로 얘기할 겁니다."

"우린 아무것도 증명하지 못할 거예요."

순간적으로 화가 끓어오른 문호의 두 눈동자에 어떤 섬광이 스쳐 지나가는 것을 보았다. 나도 모르게 눈을 질끈 감았다. 그러나 아무 일도 일어나지 않았고 조금 더 기다려 보아도 마찬가지였다. 다시 눈을 떴을 땐 조금 당황한 표정의 문호가 몇 걸음 뒤로 물러나 있었다. 나는 그의 이상한 반응을 보고 나서도 내 눈에서 눈물이 흐르고 있다는 사실을 자각하지 못했다. 물기를 감지한 공기순환시스템이 내부를 빠르게 건조시켰고, 덕분에 눈물은 볼을 타고 흘러내리기도 전에 말라버렸다. 나는 눈물 자국 하나 없이 보송해진 얼굴로 문호를 마주 보았다. 문호는 깊게 심호흡한 뒤 입을 열었다.

"왜 이 프로젝트에 지원했냐고 물었죠."

이제 문호의 시선은 내 어깨 너머 펼쳐진 더 먼 곳을 향해 옮겨갔다.

"우리는 늘 저 너머를 볼 줄 알아야 합니다."

"……."

"지금 웃기다고 생각했죠?"

"아닙니다."

"웃을 수 있을 때 많이 웃어두쇼. 나는 역사에 이름을 남길 테니까."

크레바스를 우회하는 방법은 크레바스를 따라 걷는 것이었고 우리는 다시 걷기 시작했다. 정적 속에서 얼음이 분열한 길을 정처 없이 따라갔다. 분열의 간격이 점차 좁아지는 것을 끈질기게 눈으로 쫓았다. 마침내 빙판과 빙판 사이를 두 발로 폴짝 건널 수 있을 정도가 되었지만 건너편이라고 해서 사정이 크게 달라지지는 않았다. 빙원에는 여전히 아무것도 없었고 스스로의 숨소리 외에 그 어떤 생명의 신호나 흔적도 찾아볼 수 없었다.

그리하여 우주선으로부터 멀어질 수 있는 최장 거리에 도달했으나 우리가 바랐던 두 번째 구멍은 나타나지 않았다. 문호는 다른 곳을 보는 척 등을 돌리고 있었지만 헬멧 안으로 분함을 억누르려다 실패한 울긋불긋해진 옆얼굴이 보였다. 어떤 돌발 상황에서도 빠른 판단력으로 다음 지시를 내리는 데 망설임이 없는 문호였기에 길어지는 침묵이 낯설기까지 했다.

더 가보죠, 라고 먼저 말을 꺼낸 사람은 나였다.

“가보고 없으면.”

“없으면?”

“복귀를 진지하게 고려해 주세요.”

문호는 남은 산소량을 확인해 보더니 고개를 끄덕이며 앞
장섰다. 나는 의연한 척했지만 속으로는 조금 떨고 있었다.
이제 우리는 드론으로도 스캔되지 않은, 지도의 비어있는 여
백으로 내딛으려 하고 있었다. 그건 우리가 존재한다는 지표
가 이 우주상의 어디에도 없다는 뜻이었다.

“아무도 없는 숲에서 나무가 쓰러지면 과연 소리가 날까요?”

나의 물음에 문호는 콧방귀도 뀌지 않고 대답했다.

“납니다. 당연히.”

“아무도 없는데 그걸 어떻게 알죠?”

“지나가던 개가 듣고 날아가던 새도 들을 건데, 없긴 왜 없
어요?”

“그럼 여기서는요? 여긴 지나가는 개도, 날아가는 새도 없
잖아요.”

“그래서 2인 1조로 다니는 거 아닙니까. 원 참. 이제 와서
개도 새도 모르게 죽을까 봐 걱정이라도 되시는지.”

“순수한 궁금증이었습니다. 지구였으면 저도 안 물어봤어
요.”

"그러고 보니 그분 말인데."

"누구요?"

"손하진 씨."

문호가 '개도 새도'를 말할 때와 같은 어조를 유지하고 있었으므로 나는 그의 입에서 튀어나올 말에 대한 대비가 전혀 되어있지 않았다.

"김 닥 죽으려 한 거, 혹시 그분과 관련 있습니까?"

나는 우뚝 자리에 멈춰 섰다. 얼마 정도 혼자 걸어가던 문호가 걸음을 멈추고 나를 돌아보았다. 아연실색한 얼굴을 본 그는 도리어 의외라는 기색이 역력한 채로 고개를 기우뚱했다.

"내가 설마 그 정도도 모르고 같은 배에 태웠을까 봐요?"

"지금 와서 저한테 그런 질문을 하시는 의도가 뭡니까?"

"의도랄 섯까진 없고… 순수한 궁금증?"

"……."

"아무리 친한 사이라도. 상식적으로 이해가 안 가는 부분이 있달까."

"제 삶이 왜 대장님의 상식 안에서 일어나야 합니까?"

문호는 그런 뜻이 아니라며 다소 억울함이 담긴 목소리로 김 닥에겐 조금만 꼬투리를 잡혀도 얄짤이 없다느니 구시렁거렸다. 송신기에 대고 혼잣말을 해봤자 내 귀에 들려오는 일밖엔 일어나지 않는데도. 생명유지장치에 남아있는 산소만큼이나 인내심이 별로 남아있지 않았던 나는 그에게 진짜 얄짤없는 게 뭔지 보여주기로 마음먹었다.

"제 상식으로는 대장님도 지금쯤 미국에 있었어야 하죠. 여기가 아니라."

문호의 구시렁거림이 곧바로 멈췄다. 나는 그의 가장 약한 부분이라고 생각되는 곳을 향해 풀스윙을 날렸고, 결과는 보다시피 스트라이크인 모양이었다.

"제가 설마 그 정도도 모르고 같은 배에 탔을까 봐요?"

우주선 출발 일주일 전쯤이었다. 나는 모두의 예상을 훌쩍 뛰어넘는 수준으로 우주 훈련 과정을 마친 참이었고, 그 사실에 몹시 만족스러웠던 국장이 티타임을 신청했다. 마침 물어볼 것이 있었던 나는 흔쾌히 수락했다. 면접 이후 처음 보는 것이었기에 국장이나 나나 어딘가 불편하고 겸연쩍은 것은 마찬가지였다. 그럴수록 나는 거두절미하고 본론으로 직진했다.

"이문호 씨는 정말로 믿을만한 사람이 맞습니까?"

윗사람으로서 그저 가벼운 인사치레나 하려던 국장은 대놓고 낭패를 봤다는 표정을 지으며 금방 뗀 엉덩이를 다시 자리에 붙였다. 그러면서 자신의 대답이 불러올 혹시 모를 파장을 걱정해 나의 눈치를 살폈다. 이 대장은… 하고 뜸을 들이던 국장이 마침내 입을 열었다. 확실히 사윗감은 아닐 것 같네요. 그러더니 자신의 비유가 적절치 못했던 것 같다며 곧바로 사과했다.

"구체적으로 어떤 점이 궁금한가요?"

"그 정도 경력이라면 노후는 충분히 보장되어 있을 텐데요. 왜 막판에 이런 일을 하겠다고 나선 겁니까?"

국장이 헛기침을 하며 끝까지 시치미를 떼기에 나는 그가 알아들을 수 있도록 조금 더 확실한 언어로 되물었다.

"머리에 총이라도 맞지 않고서야, 그런 커리어를 가진 사람이 이런 프로젝트에 목숨을 내다 버릴 리 없지 않습니까?"

"허허, 이 대장이 들으면 섭섭해하겠네. 이 일을 위해 가족까지 포기한 사람인데."

"가족이요? 이 대장님한테 가족이 있었어요?"

"5년 전 이혼했습니다. 전처와 딸은 현재 미국에 살고 있고요. 마지막으로 들은 소식으로는 전처가 미국으로 오라고 제안했답니다. 하지만 이 대장은…."

엘고나인에 가기로 한 것이다.

그러므로 그는 전처와 딸을 두 번 버린 셈이었다.

그 후로 내 안에서 문호에 대한 인상이 '못 미더운 놈'에서

'멍청한 놈'으로 진화했다. 그는 가족과 행복한 여생을 살 수 있는 마지막 기회를 스스로 차버렸다. 고작… 인류 역사에 자신의 이름을 남기고 싶다는 이유로.

"어떻게 감히….."

"감히?"

"감히 당신의 행복이 여기, 이 아무것도 없는 얼음 땅덩어리에 있다고 믿을 수 있어요?"

잠자코 이쪽을 노려보는 문호의 눈빛을 피하지 않고 마주 보았다. 우리 사이에 상대에 대한 적대감이 곧 터질 듯 팽창하기 시작했다. 그와 나는 흡사 결투를 앞둔 총잡이들처럼 어느 쪽이 먼저 방아쇠를 당길지 낌새를 살피느라 눈 한 번 깜박하지 않았다.

그때 호출이 울렸다. 터치스크린을 확인해 보니 인서였다. 문호가 나를 향해 고개를 까딱이며 휴전을 제안했고 나는 어깨를 으쓱이며 동의를 표했다. 문호가 호출을 받자 그와 나의 양쪽 송신기에 인서의 목소리가 들렸다.

"그 이상 가시면 통신 범위 바깥입니다."

문호가 대답했다.

"알고 있습니다."

"어떤 상황에서도 대원들한테 통신 범위를 벗어나는 일은 금지된 걸로 알고 있습니다만.”

문호가 나에게 아무 말도 하지 말라는 사인을 보냈다. 나 역시 거든답시고 횡설수설하는 것보다야 그 편이 낫다는 생각이 들었으므로 가만히 있었다.

“어차피 우주선 복구도 다 되지 않았고, 지금으로선….”

“그렇잖아도 CPU 패널 복구 작업을 완료했습니다.”

문호가 앞을 바라보았다. 그곳엔 아직도 우리가 밟아보지 못한 땅이, 미지가 아무런 숨김없이 펼쳐져 있었다. 그는 미련이 뚝뚝 묻어나는 눈빛을 거두고 그곳으로부터 힘겹게 등을 돌렸다.

“알겠습니다. 돌아가도록 하죠.”

문호가 철수하자는 사인을 보냈으나 나는 이미 그를 지나쳐 가는 중이었다.

“김 닥, 뭐 하는 겁니까?”

나를 붙잡으려는 그의 손길을 피해 걷는 속도를 높였다. 종종대던 걸음은 곧이어 뜀박질이 되었다. 통신 범위를 벗어났는지 송신기에서 지직거리는 잡음과 함께 문호의 목소리가 드문드문하게 들려왔다.

“… 김 닥… 지금… 이… 니다….”

마침내 나는 자리에 멈춰 섰다. 저 너머에 보이는 검은 심

연의 끝자락 같은 것이 과연 나의 망상인지 아닌지 가늠해
보느라 눈을 크게도 떠보고 가늘게도 떠보았다.

확실했다.

고세나이트의 구멍이었다.

뒤를 돌았다. 나를 향해 전속력으로 달려오는 문호의 모습
이 보였다.

"있어요, 있다고요!"

목이 터져라 외쳤지만 송신기 간 오류 문제로 문호가 제대
로 들었는지는 확실치 않았다. 나는 급기야 제자리에서 펄쩍
펄쩍 뛰며 두 팔을 크게 휘둘렀다. 찾았어요! 하고 한 번 더
크게 외치려던 순간이었다. 지금껏 낮게 긁는 듯이 귀를 괴
롭혔던 잡음이 일순간 사라지고 문호의 목소리가 또렷하게
들려왔다.

"손하진 씨의 시신이 발견됐습니다."

한껏 위로 쳐들고 있던 팔을 내렸다.

내가 발견한 게 아직 거기에 있는지 돌아보았다.

분명 거기에 있었다.

고세나이트가 뚫어놓은 두 번째 구멍, 우리가 쓰러지면 소
리가 날 수 있다는 증거, 그리고 어쩌면, 하진을 만날 수 있을
지도 모르겠다고 생각했던 나의 검은 바다가….

4

　　중앙처리장치가 다시 정상적으로 작동하면서 오래도록 꺼져있던 회의실의 메인스크린에 불빛이 들어왔다. 엘고나인 프로젝트의 대원 전원은 중앙 테이블에 앉아있었다. 좀 더 일찍 이렇게 모여 서로의 얼굴을 들여다봤어야 했다는 후회가 들었지만 어쩔 수 없었다. 그동안 우리들의 얼굴은 몇 년쯤 더 늙어 보였고, 좁은 공간에서 구부린 자세로 길어지는 침묵을 견디고 있으려니 남은 생에 할 말을 모두 잃어버린 노인들 같았다.

　문호는 두 손을 잠시도 쉬지 못하고 꼼지락거렸다. 무엇보다도 두 번째 구멍을 발견했다는 흥분이 그의 가슴을 찌르르 울리고 있는 것이 틀림없었다. 인서는 그런 문호의 손놀림이 거슬린 듯 인상을 찌푸렸지만 애써 시선을 돌리며 자기만의 생각 속으로 가라앉았다.

나는 먹다 남은 피자 조각처럼 두 사람 사이에 끼어있었다. 두 눈은 초점은 잃은 지 오래였다. 입술은 무슨 말을 꺼낼 듯 말 듯 뻐끔거리기를 반복했다. 또 온몸이 물에 젖어드는 듯한 감각을 떨쳐내려 애써야만 했다. 젖지도 않은 이마를 연신 훔치고, 어깨를 부르르 떨었다. 눈을 감으면 물에 불어 터진 하진의 시신이 울진 앞바다에 떠내려오는 모습이 떠올랐다. 결국 눈동자 가장자리가 벌겋게 충혈될 때까지 가상의 적과 싸우기라도 하듯 눈을 부릅뜨고 있어야만 했다.

대기 상태를 알리는 시스템 화면이 뜨자, 선내에 흐르던 모차르트가 바흐로 바뀌었다. 패널이 손상되면서 오랫동안 보지 못했던 나의 정신과 의사가 불현듯 보고 싶어졌다.

"잘도 속였네요."

"불필요한 정보라고 생각해서 전달하지 않았을 뿐입니다."

나는 부술 듯이 테이블을 내리쳤다. 손바닥 아래로 금속으로 만들어진 테이블의 차가운 평면이 작게 진동했다.

"감추고! 숨기고! 은폐하는! 그걸 바로 속였다고 하는 겁니다!"

문호의 말에 따르면 하진의 시신이 바다에서 떠오른 건 출발 일주일 전, 모든 대원이 격리를 시작했을 즈음이었다. 아버지는 나에게 직접 그 소식을 전하고 싶었지만 외부와 철저히 차단된 환경이었기에 국장에게 부탁할 수밖에 없었다. 국장이 고민하는 사이 하진의 시신은 영안실로 옮겨져 조용히 눕혀졌다. 하진의 부모가 시신을 부검할지 고민하는 시간이 계속해서 길어진 탓이었다. 그래서 어떻게 되었냐는 질문은 필요 없었다. 나는 결과를 알고 있었다. 그들은 절대로 하진의 시신을 부검하지 않을 것이다. 그들이 괴로운 이유는 오로지 하나, 이제 영원히 가라앉나 싶었던 딸을 둘러싼 소문들이 다시 수면 위로 떠올랐다는 사실뿐이었을 테니까.

"이제 와서 징징거려 봤자 무슨 소용입니까? 김 닥답지 않게."

나는 아직 얼얼함이 가시지 않은 두 손바닥으로 문호의 멱살을 있는 힘껏 쥐고 비틀었다.

"국장이 제일 먼저 달려간 건 내가 아니라 당신이었어. 아버지한테 온 연락을 무시하기도 그렇고, 그렇다고 사실대로 말하자니 상당히 걱정됐겠지. 혹시라도 프로젝트에 차질이 생길까 봐! 내 말이 틀려요?"

문호는 구겨진 자신의 앞섶을 내려다본 뒤 고개를 들어 내 눈을 똑바로 응시했다.

"그럼 한 번 김 닥 입으로 말해보지. 그때 말했으면 뭔가 달라졌을까?"

"……."

"거 봐요. 모르는 게 약일 때도 있는 거라고."

"그럼 그냥 끝까지 닥치고 있지, 지금 와서 알려주는 이유가 뭐예요?"

"글쎄요, 그땐…."

문호가 난감한 얼굴로 애꿎은 턱을 긁어내렸다.

"그땐 김 닥이 뛰어내리려는 줄 알았습니다."

"뭐라고요?"

"그 구멍 속으로."

문호가 두 손가락을 까딱이더니 두 발이 다이빙하듯 아래로 떨어지는 시늉을 해 보였다. 어처구니가 없는 얼굴로 멍하니 그를 바라보았다. 그는 내가 또다시 스스로 목숨을 끊을까 봐, 그저 순간적으로 아무 말이나 던진 거였을 뿐이었다. 그가 그렇게 착각하지 않았더라면 아마도 나는 지구로 돌아가기 전까지 이 사실을 알 수 없었을 것이다.

나는 마음을 가라앉히는 척하면서 문호와 인서가 이상함을 눈치채지 못할 정도로 조금씩 걸음을 옮겼다. 마침내 메인스크린까지 다가갔을 때 내가 가진 모든 순발력을 끌어 올려 인터페이스를 조작했다. 곧 무슨 일이 벌어지고 있는지 깨달은 문호와 인서가 동시에 자리에서 벌떡 일어났다. 문호는 나를 향해 몸을 던지다시피 했고, 그 반동으로 나는 바닥에 나동그라졌다. 그러나 메인스크린의 경고등은 이미 붉은색으로 점등된 후였다. 선내에 방송이 울려 퍼졌다.

"지금부터 임무 중단 및 긴급 복귀 프로토콜을 실행합니다."

이어서 기체조작시스템에 연달아 불이 들어왔다. 우주선이 스스로 이륙할 준비를 시작한 것이다. 문호는 프로토콜을 중단하기 위해 급하게 인터페이스에 다시 접근했다. 그는 홍채를 스캔하고자 카메라 앞에 눈을 들이밀었다. 고위 권한 인증이 필요한 보안시스템에 접속할 때 그런 식으로 홍채를 스캔하는 경우가 있다고는 들었지만 실제로 보는 건 처음이었다. 이어서 문호는 우주선을 수동으로 멈추기 위한 작업을 해나갔다. 그의 열 손가락이 흡사 달리는 경주마처럼, 믿을 수 없는 속도로 조작 버튼 위를 질주했다.

마침내 경고등이 노란색으로 바뀌었다. 그제야 안도한 문호가 참고 있던 숨을 한꺼번에 내쉬었다. 잠시 감정을 다스리던 문호가 질끈 감았던 눈을 다시 떴을 때, 그의 얼굴은 지금까지 보지 못한 냉정함으로 무장되어 있었다.

"아시겠지만 프로토콜을 완전히 중단하려면 대원 전원의

동의가 필요합니다.”

우리 사이에 다시 모차르트가 흘렀다.

“전 실장님, 동의하십니까?”

“동의합니다.”

인서는 꼭 필요한 말만 짧게 내뱉었고, 그 밖에 이해받기 위한 설명이나 해명은 일절 하지 않은 채 내내 담담했다. 그녀가 카메라 앞에 서서 홍채를 스캔하는 동안 문호는 그것 보라는 듯한 눈빛으로 나를 응시했다. 인서가 내 편이라고 생각했던 적은 목엽실에서 처음 만났던 이래 단 한 번도 없었지만, 그럼에도 모종의 배신감을 감출 수 없었다.

하지만 상관없었다.

이 투표는 과반수가 아니라 만장일치여야만 의미가 있었으므로.

“김지유 박사, 동의하십니까?”

문호가 바닥에 주저앉아 있던 나를 향해 손을 내밀었다. 나는 그의 손을 쳐내고 스스로 일어났다.

“동의하지 않습니다.”

이미 그러한 대답을 예상했던 문호는 본격적으로 나를 설득하기에 나섰다.

“김 닥, 내 말 좀 들어봐요.”

"아니요. 듣지 않겠습니다."

나에겐 조금의 인내심도 남아있지 않았다. 물에 백 번쯤 빠졌다 나온 사람처럼 모든 진이 빠져버렸고, 당장 휴식캡슐에 들어가서 죽은 듯이 자고 싶은 욕망 외에 나를 움직일 수 있는 건 아무것도 없었다.

가열된 분위기 속에서 인서가 중재자로 나섰다.

"오늘은 이만 해산하시죠."

문호가 몹시 억울하고 답답한 듯 두 손을 허공으로 들어 올렸다.

"설득할 기회도 안 줍니까?"

"프로토콜이 다시 실행될 때까지 아직 여유가 있어요. 둘 다 오늘 크루타임도 오버했잖아요."

인서와 문호 사이에 날 선 시선이 교차했다. 결국 먼저 고개를 돌린 문호가 개인실로 돌아갔다. 인서가 수건을 가져와 내 이마에 맺힌 식은땀을 닦아준 뒤 나를 부축하기 위해 한쪽 팔을 자신의 어깨에 둘렀다. 극구 사양했던 게 무색할 정도로 나는 몸의 절반을 그녀에게 의탁한 채 개인실로 돌아왔다.

고개를 살짝 끄덕여 보이는 것으로 인서에게 고맙다는 뜻을 전했다. 인서는 별다른 미동 없이 나를 바라볼 뿐이었다.

"김지유 팀장님."

캡슐의 도어를 여는 버튼을 눌렀을 때였다. 인서가 내 팔목을 붙잡았다. 나는 소스라치게 놀라며 반사적으로 팔목을 비틀었다. 인서는 나를 순순히 놔주었지만 나와 캡슐 사이를 가로막고 섰다.

"내 말 기억하죠?"

인서의 눈빛이 추궁하듯 날카롭게 변했다. 덕분에 그녀가 나에게 가르쳐 줬던 것, 진짜 개죽음이란 무엇인지에 대해 훈계를 늘어놓았던 순간이 다시금 머릿속을 스쳐 지나갔다.

"제 마음은 안 바뀌어요. 제가 찾고 싶은 건 이제 여기에 없어요."

캡슐에 몸을 누이고 닫힘 버튼을 눌렀다. 그러나 도어가 닫히기 직전 인서의 손가락이 비집고 들어왔다.

"그럼 얘기가 빠르겠네요."

활짝 열린 도어 위로 나를 집요하게 내려다보고 있는 인서의 얼굴이 보였다.

"김 팀장이 찾고 있는 거, 그게 정말 지구에 있다고 생각해요?"

캡슐 안쪽 벽면에는 사진이나 장식 따위를 붙여놓을 수 있는 공간이 있었고, 나는 거기에 하진과 찍은 사진을 붙여놓았다. 고등학교 졸업식 때 찍은 사진이었다. 우리는 다정하게 팔짱을 꼈고 꾸미지 않은 표정을 짓고 있었다. 그 후로 우리가 함께 걷고 있다고 믿었던 길은 크레바스처럼 서서히 갈라지기 시작했다. 점점 벌어지는 간격이 힘들어 팔짱을 풀었다. 정신을 차려보니 우리가 서있는 곳은 서로 건널 수 없는 균열의 가장자리였다.

"그만 가주세요."

다시 한번 도어의 닫힘 버튼을 눌렀지만 이번에도 인서가 제지했다. 도어를 잡고 있는 인서의 손을 억지로 떼어내고 그녀를 세게 밀쳤다. 바닥에 넘어진 인서가 용수철처럼 튀어올라 나의 팔을 붙잡았다.

"도대체 저한테 원하는 게 뭐예요!"

"그건 여기에 있어요. 우린 틀리지 않았어요."

"뭐라고요?"

"내 딸을 봤어요."

처음에는 인서의 말에 아무런 위화감을 느끼지 못했다.

"지구에서 보낸 영상 편지를 말씀하시는 거예요?"

"내 딸은 작년에 죽었어요. 그러니 그건 아니겠죠."

줄곧 차갑고 단단한 성벽 같았던 인서의 얼굴이 조금씩 무너져 내리고 있었다. 그녀는 격앙되는 감정을 억누르려는 듯 씨근거리는 숨소리를 내뱉었고, 불규칙적으로 떨리는 파동이 내 뺨까지 닿았다.

"그럼 뭐… 귀신이라도 봤다는 말씀이신가요? 여기 엘고나인에서?"

"그 괴물이 기훈일 삼키기 전에 유리 조각들을 뱉어냈어요."

"뭘 뱉어요?"

인서가 주머니에 손을 집어넣었다. 다시 빼내었을 때, 그녀의 손에 들려있는 것은 손톱만 한 크기의 작은 유리 조각이었다. 나는 귀신이라도 본 것 같은 표정으로 몸을 일으켜 캡슐에서 나왔다. 본능적으로 손을 뻗었다. 인서가 재빠르게 뒤로 물러났고, 그것은 내 손끝을 아슬아슬하게 스쳐 지나갔다.

"이제 좀 구미가 당겨요?"

"장난하세요?"

인서가 거짓말을 하고 있는 게 아니라면 그건 고세나이트에 대해 결정적인 실마리가 될 수 있는 첫 번째 물증이었다.

"정말 고세나이트가 뱉어낸 게 확실해요?"

"코앞에서 직접 봤어요."

"어디로 뱉어낸 거죠? 대충 어느 부위쯤이었는지도 봤어요?"

"온몸으로."

"……."

"엄청나게 많은 유리 조각들이 피부를 뚫고 쏟아졌어요. 그
속에서 내 딸을 봤어요."

"다른 말로 하면 정신적 충격에서 비롯한 환각을 본 거라고
도 할 수 있겠네요."

나는 그녀에게 그 증거가 진짜 증거인지 설명해 보라고 다
그치고 있었다. 어쩌면 떼를 쓰고 있는 건지도 몰랐다. 확신
시켜 줘요. 부디 안심시켜 줘. 우리의 지난 노력들이 헛되지
않았다고. 기훈을 삼킨 건 분명 살아있는 무엇이었고, 뛰는
심장과 생명력을 지닌 것들이 모두 그러하듯이, 그건 진짜였
다고.

어딘가에 영혼을 의탁한 채 죽은 껍데기만 간신히 붙들고
다니는 유령 같던 인서의 두 눈동자에 돌연 형형한 빛이 감
돌았다. 찡그린 미간과 콧잔등에 그려진 물결들이 용암처럼
꿈틀거리고, 무겁고 아픈 무언가를 전달하려는 듯한 마른 입
술은 공포와 전율로 떨리고 있었다.

"직접 봤어. 만졌어. 끌어안으니 체온이 느껴졌어. 그 작은
심장이 뛰는 소리까지 나한테 전해졌어."

"아무래도 지금 실장님은 객관적인 판단을 할 수 있는 상태
가 아닌 것 같네요."

"내가 미치기라도 했단 거예요?"

"우선은 유리 조각에 대해 대장님께 보고해야….”

내가 움직이려는 기미를 보이자 인서가 한 발 먼저 빠르게 문 앞을 가로막았다.

“이 대장은 제정신일 것 같나요?”

“네?”

“그 사람은 암 환자야. 어차피 밑져야 본전인 인간이라고!”

꽥 소리를 지르던 인서가 갑자기 자지러지게 웃기 시작했다. 나는 그녀의 웃음이 잦아들 때까지 몸이 굳은 채 서있었다. 웃음을 그친 인서의 눈동자에는 이제 얇은 눈물이 고여 있었다.

“내가 말했잖아요. 여기 제정신으로 온 사람 아무도 없다고.”

“비켜주세요.”

“그 괴물이 내 딸을 불러냈어요. 어떤 원리인지는 나도 몰라요. 하지만 김 팀장도 분명히 볼 수 있어요.”

“도대체 누구를요? 누구를 볼 수 있단 거예요?”

“김 팀장이 보고 싶어 하는 사람.”

나는 고개를 가로저었다.

“이게 다 실장님 머릿속에서 지어낸 거라면요?”

“그래도 김 팀장은 믿을 수밖에 없을걸.”

전부 걸 수밖에 없을걸.

나처럼.

인서가 무릎을 꿇고 앉았다. 나는 그녀를 일으킬 생각조차 하지 못했다.

"이대로 지구에 돌아가면 김 팀장은 그 여자 무덤만 보게 될 거예요. 하지만 괴물의 정체를 밝혀내면 볼 수 있을지도 몰라요."

"……."

"살아있는 그 사람을."

인서가 들고 있던 유리 조각을 천천히 내 손에 쥐여주었다. 어느 쪽이 진짜일까. 판단은 내 몫이겠지. 인서가 나간 뒤에도 한동안 주먹 속에 들은 게 무엇인지 확인할 용기가 나지 않았다.

주먹 쥔 손을 품에 끌어안은 채 실험 모듈로 향했다. 거기에는 온갖 분석기와 탐지기, 내가 지구에서 개인적으로 갖고 온 기구들이 있었다. 그러나 엘고나인에 도착한 뒤 그중에서 실제로 사용한 것은 손에 꼽았고, 한 번도 사용하지 않아 먼지가 쌓인 것은 고사하고 박스에 붙어있는 실링 테이프조차 뜯지 않은 것들도 많았다.

노트북의 전원을 켰더니 마지막으로 세포 수 분석기에 넣고 돌렸던 얼음층의 출력 결과가 나타나 있었다. 결과는 전부 제로였다. 새 튜브에 완충액을 넣고 유리 조각을 넣은 뒤 분석기에 꽂았다. 숨을 깊이 들이마신 뒤 시작 버튼을 눌렀다. 모니터 화면에 이전의 출력 결과는 사라지고 새로운 출력 데이터가 떠올랐다. 살아있는 세포 하나당 점 하나였다. 기도를 하려는 것도 아니었는데 저절로 두 손을 맞잡고 눈까지 감았다. 하루 동안 축적되었던 피로와 무력감이 한꺼번에 몰려와 어깨를 짓눌렀다. 등이 점차 굽었고 고개가 바닥으로 향했다. 어느 명화 속에 그려진 사람처럼 잠에 빠져들었다. 기계음을 듣고 놀라 눈을 떴을 때는 시간이 꽤 흐른 뒤였다. 쪽잠이라도 잔 게 효과가 있었는지 머릿속의 안개가 걷히면서 시야가 한층 맑고 또렷하게 보였다. 분석이 끝나 초록빛이 깜박거리는 분석기를 바라보다가 모니터 화면으로 고개를 돌렸다.

출력 결과는 제로였다.

단 한 개의 점도 찍혀있지 않았다.

동시에 마음속에서 무언가 똘똘 뭉친 것이 꿈틀거리고 비틀거리기 시작했다. 잠시 후 그것이 분노라는 사실을 깨달았고, 그제야 나는 내가 빌었던 기도의 내용이 무엇이었는지 깨달았다.

나는 인서의 말이 진실이길 바랐다.

책상 근처에 있던 메스실린더들을 마구잡이로 집어 던졌다. 너무 세게 움켜쥔 탓에 몇 개는 던지기도 전에 손아귀에서 부서졌다. 조각에 베여 손바닥에 가는 핏방울이 맺히고 쓰라린 통증이 잇따랐지만 개의치 않았다. 더 이상 던질 게 없어진 빈손과, 발을 미친 듯이 구르고 휘저으며 분이 풀릴 때까지 목이 찢어져라 소리 질렀다.

맛이 가버린 목에서는 이제 쇠를 긁는 듯한 힘없는 소리만 새어 나올 뿐이었다. 가쁜 숨이 잦아들 때까지 잠시 기다렸다. 시간을 견디는 일이 지겨운 나머지 사무쳤다. 달라지는 것은 아무것도 없었다. 인서는 나에게 밀릴 수밖에 없을 거라고 장담했지만, 단 한 개의 점도 찍혀있지 않은 텅 빈 화면을 보고 내가 느낀 것은 철저한 패배감이었다. 진실을 입증하는 과제뿐 아니라 진실이 아닌 것을 입증하는 과제 역시 과학자의 몫이었으므로.

긴급 복귀 프로토콜이 중단되는 일은 없을 것이다. 나는 마음속으로 결정을 내리고 자리에서 일어났다. 떠나기 전 마지막으로 불 꺼진 실험 모듈을 돌아보았을 때였다. 튜브 안에서 무언가 청색광으로 반짝이는 것이 보였다. 처음에는 두 눈을 의심했다. 그러나 빛의 윤곽은 점점 더 선명해지더니 도저히 착각이라고 할 수 없는 존재감을 드러냈다.

황급히 전등을 켰다. 그러자 영롱한 신비로움을 뿜어내던 빛은 사라지고 거기엔 평범한 유리 조각만이 남아있었다. 모니터 화면에 떠있는 숫자 0은 여전히 그것이 무의미한 무기물일 뿐임을 증명했다.

그러나 다시 전등을 껐을 때, 빛이 돌아왔다.

나는 불을 끈 상태로 재검출 버튼을 눌렀다. 이번엔 영원 같은 단잠에 빠지지 않아도 되었다. 모니터 화면에 곧바로 점들이 떠오르기 시작했다. 하나, 둘 떠오른 점들은 셀 수도 없이 많아져 마치 사람들이 모여 사는 마을을 빽빽하게 표시한 지도처럼 보였다.

나는 큰 혼란에 빠졌다. 분석기가 고장 났을 가능성도 무시할 순 없었지만 그건 너무 꺼림칙할 정도로 쉬운 결론이었다. 마치 투명 망토를 뒤집어쓰기라도 한 듯 모든 추적을 피해버렸던 세포가 어둠 속에서만 제 모습을 드러내다니. 핵심은 '빛'이었다. 이 세포들은 어둠 속에서는 일반적인 세포들처럼 멀쩡하게 반응하지만, 빛에 닿으면 거의 즉각적으로 죽음에 가까운 휴면 모드로 전환된다. 여러 가지 가설이 머릿속에 떠올랐다. 만약 빛이 전혀 닿지 않는 환경에 적응한 심해 생물의 시각시스템이라면 이런 인공조명은 태양을 직접 바라보는 것만큼이나 타는 듯이 밝게 느껴질 수도 있다. 그렇다면 이 세포들은 빛 속에서 자신들을 보호하기 위해 어떤 마법을 부려 투명 망토를 쓰고 있다가, 어둠 속에서 다시 그것을 벗을 수 있는 능력이 있는 것일까? 이것을 고세나이트의 특징과 연관 지어 바라볼 수도 있을까? 고세나이트의 서식층이 심해층대나 그보다 더 깊은 곳이라면, 어둠 속에서 세포가 푸르스름한 빛을 발하는 현상은 생물발광으로 자연스럽게 설명할 수 있다. 생물발광은 동물이 어둠 속에서 빛을 만들어 먹이를 유인하거나 포식자를 피하기 위해 자신을 위장하는 생존 방법 중 하나다.

그러나 이럴 경우 한 가지 모순에 봉착한다. 빛에 취약한 심해생물이 어째서 수십 미터나 되는 철옹성 같은 얼음층을 깨면서까지 수면 위로 올라오려 한단 말인가. 모종의 이유가 있다고 가정하자. 그렇다면 여타 심해 잠수종과 달리 고세나이트의 세포들은 어째서 빛에 닿자마자 자취를 지워버리도록 극단적으로 진화했는가.

갑자기 실험 모듈의 전등이 켜졌다. 비명 소리를 듣고 달려온 문호가 문 앞에 서있었다.

"김 닥, 이게 무슨…."

문호는 바닥에 산산조각 난 실린더의 잔해들을 빠르게 눈으로 훑은 뒤 나를 바라보았다. 나도 모르게 피가 흐르는 손바닥을 재빨리 등 뒤로 숨겼다.

"무슨 일입니까, 이게?"

그때 나는 엉뚱하게도 어느 영안실의 풍경을 상상했다. 영안실 냉장고 한편에 누워있는 훼손된 시신을 떠올렸다. 형체도 알아볼 수 없을 정도로 불어터진 그것이 하진이라는 증거는, 냉장고 앞에 붙어있는 '손하진'이라고 적힌 이름표뿐이었다.

그건 진짜가 아니야.

내가 봐서 알아.

인서가 했던 말이 떠올랐다. 그녀도 딸의 시신을 내려다보며 그렇게 생각했을까. 이건 진짜가 아니라고. 차게 식어버린 손을 잡고 흔들어 깨워도 일어나지 않는 딸을 내려다보며 잠자코 다짐했을까. 내 딸을 찾겠노라고. 진짜 내 딸을.

나는 문호가 볼 수 있도록 모니터 화면을 돌렸다. 막 출력이 끝난 창에는 수백만 개의 점들이 분포된 그래프가 나타나 있었다.

"이 프로젝트, 아직 끝낼 수 없습니다."

5

　　　　　　남은 시간 안에 엘고나인의 전 지
대를 조사하는 건 불가능했다.

문호는 작전의 방향을 바꾸었다. 더 이상 고세나이트를 쫓
지 않는다. 고세나이트가 우리에게 오도록 만든다.

긴급 복귀 프로토콜은 전원의 동의를 받아 중지되었고 회
의실의 메인스크린에는 우리가 발견한 고세나이트의 구멍
두 곳의 좌표가 빨간 점으로 표시되어 있었다.

"사다리 타기라도 할까요."

조금 고무된 마음으로 한 번도 그런 적 없던 내가 먼저 의
견을 제시했다.

"아님 코카콜라?"

인서가 거들었다.

"동전 던지기로 하시죠."

문호가 동전을 튕긴 뒤 손등에 올렸다. 동전을 가린 손바닥을 치우기 전 그는 엄숙한 표정을 지으며 괜히 뜸을 들이다가, 관객들의 짜증 섞인 탄식이 흘러나온 뒤에야 결과를 공개했다. 그렇게 해서 두 구멍 중 우리의 마지막 남은 모든 희망을 던져 넣을 구멍이 정해졌다.

"가장 중요한… 고세나이트를 유인할 방법은?"

문호가 눈썹을 들어 올리며 그것을 꺼내 보이라는 사인을 보냈다. 나는 허리춤에 꽂아두었던 것을 꺼냈다. 모자 속에서 튀어나온 비둘기를 목격하기라도 한 듯 인서가 휘둥그레진 눈으로 바라보았다.

"투광 조명입니다."

"정말 이걸로 고세나이트를 유인할 수 있다고요?"

인서가 뒷목을 주무르기 시작했다. 그녀에게는 불안할 때마다 뒷목이나 팔목 같은 부위를 주무르는 습관이 있었다.

"정확히는 HID(High-Intensity Discharge) 조명이라고 합니다. 밝기가 매우 강해 빛이 깊은 수심까지 도달해서 심해 탐사용으로 많이 사용하죠."

"헬멧 라이트에도 민감하게 반응했으니 이건 틀림없이 효과가 있을 겁니다.”

문호는 내 말에 덧붙인 것뿐이었겠지만 나는 순간적으로 눈보라 속에서 도움을 요청하고자 헬멧 라이트를 껐다 켰다 하는, 내가 본 적도 없는 기훈의 모습을 떠올리고 말았다. 동요하는 눈동자를 들키지 않기 위해 바닥을 내려다보며 설명을 이어갔다.

“단점은 발열이 많고 수명이 짧다는 겁니다. 이건 휴대용이라 더 짧고요.”

“최대 얼마나 가죠?”

“2시간… 정도입니다.”

나는 창고에서 찾아낸 나머지 투광 조명 두 개를 꺼내 테이블 위에 놓았다.

“현재 보유한 투광 조명은 총 세 개입니다.”

우주복으로 갈아입은 우리는 카트를 타고 제2구멍으로 향했다. 가는 동안 아무도 입을 여는 이가 없었다. 나는 기훈이 마지막으로 보냈던 메시지를 다시 꺼내 읽었다.

우리 기뻐도 되는 거죠?

어디선가 잔잔한 흥얼거림이 들려오기 시작했다. 인서가 처음 들어보는 멜로디를 흥얼거렸다. 어느 라디오 심야방송을 틀어놓은 듯한 노랫소리는 우리 사이의 무거운 침묵을 부드러운 담요처럼 감싸주었다. 목적지에 도착할 때까지 태양계 바깥에서 홀로 울려 퍼지는 그 자장가를 숨죽여 들었다.

구멍에 도착하자마자 우리는 훈련받은 전문가들답게 각자 맡은 일을 시작했다. 인서는 일정 거리 떨어진 곳에서 삼각대를 설치하고 캠코더를 고정시켰다. 풍경이 한눈에 들어오는 각도를 찾으려 화면을 이리저리 움직이던 그녀는, 이런저런 변수와 위험 요소들을 생각하느라 창백해진 내 얼굴을 클로즈업하더니 피식 웃었다.

"김 팀장은 화면빨이 잘 안 받는 타입이네요."

"지금 농담할 기분 아니거든요."

"우리가 서로 화기애애할 일은 앞으로도 없을 것 같은데. 즐겨봐요."

"이렇게?"

갑자기 카메라 앞으로 끼어든 문호가 뭉툭하고 못생긴 엄지를 치켜세워 보였다. 거울 앞에서 몇 번이나 연습한 듯한 티가 나는 가식적인 웃음과 함께. 곧바로 속이 얹힌 듯한 메스꺼움이 일었다.

"연예인이나 하지 왜 우주인이 됐나 몰라."

"우주에선 혼잣말 불가능한 거 몰라요?"

문호는 카트에 연결된 라이프라인을 인서의 하네스에 연결했다.

"라인 길이는 최대 50미터. 중간중간 침강 깊이 체크할 거니까 긴장 놓지 마시고."

모든 안전 점검을 마친 인서가 구멍 앞에 섰다. 아래를 내려다보는 인서의 얼굴에는 두려움이나 공포심과는 다른 무언가가 어려있었다. 카운트다운 후 일말의 망설임도 없이 구멍 속으로 사라져 버린 인서의 흐릿한 잔상을 더듬어 보던 나는 그것이 일종의 갈급함이라는 사실을 깨달았다.

"10미터 진입합니다. 이상 없습니까?"

문호가 물었다.

"이상 없습니다."

"보이는 것 있습니까?"

"아직 아무것도 없어요."

디딜 땅도 없고 가늠해 볼 하늘도 없는 인서의 심정이 어떨지 헤아려 보자니 문득 중층수에 사는 생물들이 떠올랐다. 표층수와 심해 사이의 허허벌판 같은 중층수에서는 은신할 곳이 어디에도 없다. 포식자로부터 발각되지 않는 최선의 방법은 오로지 더 깊은 어둠 속으로 내려가는 것뿐이다. 그들을 지켜주는 건 애매한 빛보다 완전한 어둠이다.

"몇 살이었나요?"

어느덧 침강 깊이가 30미터를 향하고 있을 때였다. 깊이가 깊어질수록 어째서인지 우리 사이의 거리가 어느 때보다 가깝게 여겨졌고, 질문은 나도 모르게 불쑥 튀어나왔다.

"누구?"

문호가 의아한 표정으로 나를 돌아보았다.

나는 잠자코 인서의 대답을 기다렸다.

시간이 멈추기라도 한 듯 한동안 침묵만 감돌던 송신기에서 인서의 대답이 들려왔다.

"네 살이요."

"이름은요?"

"그만해요."

"왜요? 우리가 이보다 화기애애할 일은 앞으로도 없을 것 같은데, 즐겨보죠?"

나는 우리 처지가 꼭 성냥팔이 소녀 같은데 나만 그런 생각이 드는 거냐고, 저 깊이를 가늠할 수 없는 광활한 어둠 앞에서 우리가 가진 건 작은 조명 하나뿐이고, 이 순간 두둥실 떠오르는 건 지난 과거의 그림자뿐인데, 이게 SF 버전 성냥팔이 소녀가 아니면 무엇이겠느냐 물었다. 그러자 문호가 웃음을 터뜨렸다. 맞네, 성냥팔이들. 나는 인서가 작게 웃는 소리를 들었고 그녀의 마음이 열렸다는 걸 눈치챘다.

"하윤."

하윤, 하고 발음하는 인서의 목소리가 말갛게 울려 퍼지며 귓가를 간질였다.

"자기 이름보다도 먼저 썼던 한글이 뭐였을 거 같나요?"

침강 깊이는 이제 30미터를 훌쩍 넘어서고 있었다.

"사랑해."

인서의 낮고 고요한 목소리가 귓가를 지나 심장으로 파고들었다. 자기 이름보다도 먼저 사랑한단 말을 쓸 줄 알았던 아이의 조약돌 같은 손가락을 머릿속으로 그려보았다. 그 순간 문호와 눈이 마주쳤고, 우리는 서로가 같은 상상을 하고 있단 사실을 어렴풋이 눈치챘다.

"정말 이걸로 만족하신가요, 대장님은?"

나의 물음에 문호는 어깨를 으쓱해 보였다.

"그야 고세나이트 머리털 하나 뽑아가기 전까지는 만족 못 합니다."

"아뇨, 아내분과 따님이 보고 싶진 않으시냐고요."

문호는 침강 깊이가 표시되는 조작 패널에서 시선을 떼지 않은 채 대답했다.

"가끔은 말입니다. 마음이란 것을 바깥으로 꺼냈다가 잠시 잊어버리지 않으면 견딜 수 없는 순간이란 게 있는 법이에요."

나는 문호가 하는 말을 단번에 이해했다. 하지만 그는 알고 있을까. 너무 오랜 시간 꺼내두었다가는 그것을 다시 가슴 안쪽에 들여놓았을 때 곤란한 상황이 온다는 사실을. 이쪽저쪽으로 움직여도 보고, 주물러도 보고, 억지로 끼워 넣어봐도, 걷잡을 수 없이 부풀어 망가진 마음은 더 이상 원래 자리에 들어가지 않는다.

"명령 아니라 조언 하나 하자면."

문호가 마치 속마음을 읽기라도 한 듯 덧붙였다.

"서로를 이해하려고 쓸데없는 노력 하지 맙시다."

인서가 은근히 힐난하는 투로 말했다.

"보고 싶은 사람이 미국에 있다면 나는 미국으로 날아갔을 거예요. 태양계 바깥이 아니라."

"내가 보고 싶은 건 여기에 있습니다. 그리고 우리 모두 같은 임무 때문에 여기 온 거고요."

찬물을 끼얹은 듯 분위기는 순식간에 얼어붙었고 이제 성냥팔이 소녀처럼 과거의 추억을 꺼내는 이는 아무도 없었다.

인서가 외마디 비명을 내질렀다.

문호가 즉시 윈치의 가동을 정지시켰다.

"무슨 일입니까? 전 실장, 괜찮은 거예요?"

"얼음이 돌출된 곳에 부딪힌 거 같아요."

“다친 곳은 없습니까?”

“그건 아닌데….”

허망함 가득한 숨소리를 터뜨리며 인서가 대답했다.

“조명을 떨어뜨렸어요.”

질끈 눈을 감은 문호가 차분하게 호흡을 골랐다. 일련의 동작들이 너무나도 익숙하고 재빨라서, 감정을 억누르는 그만의 방법이란 걸 금방 알 수 있었다.

“라이프라인 회수하겠습니다. 전 실장, 일단 복귀하세요.”

“잠깐, 잠깐만요.”

“명령입니다. 라인 천천히 회수할 테니까 아까처럼 돌출 부분에 충돌하지 않게 조심하세요.”

“…….”

“전 실장? 들립니까?”

“…끌어 올려요.”

“뭐라고요?”

“당장 끌어 올려!”

문호가 즉시 윈치를 최대 속도로 가동시켰다. 돌출된 부분에 부딪히거나 조명을 떨어뜨린 것과는 비교되지 않을 정도로 급박한 위기가 닥쳤음을 문호도, 나도 본능적으로 직감했다.

위협적인 진동 소리와 함께 윈치가 엄청난 속도로 라인을 감아올렸다. 그 끝에 사람이 매달려 있다는 걸 고려하면 용납될 수 없는 속도였다. 송신기에서는 이리저리 부딪히는 소리와 인서의 헐떡거리는 숨소리 외에도 알 수 없는 소리 하나가 희미하게 섞여있었다. 마치 비 오는 날 얕은 웅덩이를 밟을 때 같은, 찰박거리며 물방울이 튀어 오르는 소리가 가까워졌다 멀어졌다 다시 가까워지기를 끊임없이 반복했다.

"전 실장! 내가 부르면 계속 대답해요! 정신 놓지 말고!"

문호는 구멍 아래를 내려다보며 대기했고, 나는 윈치의 조작 패널에서 실시간으로 줄어드는 숫자를 확인했다. 라인 길이가 줄어들수록 인서를 끌어 올리는 기계 소리도 점점 더 가까워졌다.

마침내 인서가 구멍 위로 끌려 올라왔다.

문호는 재빨리 인서의 하네스에서 라인을 분리했다.

"뛰어!"

우리는 미친 듯이 달려 구멍으로부터 도망쳤다. 안전거리를 확보하기도 전에 구멍에서 커다란 뿔이 솟아올랐다. 곧이어 고세나이트의 몸 전체가 지상으로 빠져나왔고, 넘쳐흐른 바닷물이 주변을 흥건하게 적셨다. 발치까지 차오르는 바닷물을 내려다보던 나는 천천히 고개를 들었다. 수직으로 솟은 뿔과 그 아래 옅은 김이 피어오르는 은빛 피부를 바라보았다. 나는 그 개체가 처음 보았던 것과 같은 놈임을 직감했다. 물론 그렇다는 증거는 어디에도 없었다. 다만 내 온몸에 곤 두선 털들과 멎어버릴 듯한 심장이 그렇게 말하고 있었다.

나와 인서의 위치를 각각 눈으로 확인한 문호가 지시했다.

"그대로 대기합니다. 고세나이트를 자극할 만한 어떤 행동 도 하지 마세요."

인서는 고세나이트의 얼굴이라고 추측되는 곳의, 그러니 까 외뿔이 달려있는 쪽의 대가리가 꽃봉오리처럼 갈라졌다 고 증언했다. 거기가 입이라면 눈은 어디에 있을까. 빛을 감 각할 수 있다는 건 시각기관이 존재한다는 명백한 증거였다. 두 번째 기적을 놓칠 수는 없었다. 나는 결기에 찬 눈으로 고 세나이트의 머리에서부터 꼬리에 이르기까지 몸통의 세세한 부분들을 샅샅이 훑었다. 그러나 쥐었다 폈다 하며 춤을 추 듯 꿈틀대는 수백만 개의 연산호들 외에 어떠한 외관상의 특 징도 찾아볼 수 없었다.

"어떻습니까, 김 닥."

문호가 물었다.

"정수리 뿔 말고는 몸에서 앞뒤를 구분할 수 있는 게 아무 것도 없어요. 참…."

"참?"

"신비롭네요."

"보통은 이상하다고 하죠."

그러나 나는 문호의 말에 동의하지 않았다. 고세나이트의 입장에서 외부인은 우리였고 따라서 진짜 이상한 것은 우리였다. 우리는 놈에 비해 터무니없이 작고, 질량에 비해 징그러울 정도로 신체 부위가 세분화되어 있으며, 생존에 반드시 필요한 뿔도 없었다.

"더 가까이서 봐야겠어요."

"안 됩니다."

송신기를 낀 채로 서로의 말을 못 들은 척한다는 게 엄청난 뻔뻔함을 요하긴 했으나 어쩔 수 없었다. 문호의 말을 무시한 채 고세나이트를 향해 한 걸음씩 다가갔다. 내가 다가가고 있다는 사실을 아는지 모르는지, 고세나이트의 뿔은 비스듬한 곳을 향한 채 움직이지 않았다. 그러나 가까이 갈수록 한 가지 사실이 분명하게 드러났다. 녀석은 내 존재를 알고 있을 뿐만 아니라 미세한 움직임 하나하나를 주시하고 있었다.

얼마 안 있어 나는 손만 뻗으면 피부 조직을 만질 수 있을 만큼 놈에게 가까이 다가갔다. 당장 놈의 대가리가 오각이나 육각으로 갈라져 나를 집어삼킨다 해도 전혀 이상하지 않을 거리였다.

"말해두는데, 먹어도 맛은 없을 거야."

목소리가 닿을 리 없다는 걸 알면서도 나는 말을 건넸다.

"내 영혼은 이미 한 차례 바다에 빠져 죽었거든. 네가 먹게 되는 건 빈 껍데기일 뿐이니까."

고세나이트를 만지기 위해 손을 뻗자 기척을 느낀 연산호의 촉수들이 움츠러들었다. 입을 다문 조개처럼 한 번 닫힌 촉수들은 건드릴수록 점점 더 딱딱해져 금속덩어리같이 변해갔고, 그래서는 샘플을 채취할 수 없었다.

넌 누구니?

나는 녀석을 있는 그대로 볼 수 있도록, 내가 갖고 있던 모든 틀을 버리고, 우주에 존재할 수 있는 모든 가능성을 열어 놓을 준비가 되어있었다. 나는 흔들거리는 연산호들의 움직임을 주의 깊게 바라보며 내 심장소리가 그것들이 자아내는 박자와 불협화음을 이루지 않게 될 때까지 기다리고 또 기다렸다. 잠시 후 닫혀있던 연산호들의 손가락이 조금씩 열리기 시작했다.

"김 닥, 문제없습니까?"

나는 용기 내어 그것들의 표면을 어루만지듯 쓸어보았다. 그러자 연산호들이 내 손을 따라 움직이며 장난치듯 손가락

끝을 붙잡았다가 놓아주었다.

"문제없습니다."

그제야 문호는 안도의 한숨을 내쉬었다.

이제 한 가지 일만 남아있었다. 나이프를 꺼내고, 마지막까지 악수하듯 내 손가락 끝을 잡고 있던 작은 촉수 하나를 잘라냈다. 자른 것을 무사히 튜브에 넣고 나서야 긴장이 풀리면서 온몸이 후들거렸다. 그러나 성공했다는 희열이 찾아오기도 전에 숨을 옥죄어 오는 가슴 통증이 찾아왔다.

그게 전부야?

하진의 목소리가 이명처럼 귓가에 울렸다.

"김 닥, 그대로 천천히 물러나요. 전 실장도."

샘플을 얻었으니 이대로 살아서 지구로 돌아갈 수만 있다면 엘고나인 프로젝트는 대성공인 셈이었다. 물론 문호는 그렇게 생각하고 있을 것이다. 나는 자리에 붙박인 듯 서있었고 인서 역시 나와 마찬가지였다.

"내 말 안 들립니까? 안전거리 확보할 때까지 두 사람 다 뒤로 물러납니다."

인서와 나는 고집을 굽히지 않은 채 여전히 고세나이트의 반경 안에 있었다. 그제야 이상함을 깨달은 문호가 낮게 경고하는 어조로 중얼거렸다.

"두 사람 다 지금… 뭐 하자는 겁니까?"

"죄송합니다, 대장님. 여기서 멈출 순 없어요."

챙겨왔던 조명을 꺼내 스위치를 눌렀다. 바위처럼 꿈쩍하지 않던 고세나이트가 움찔거렸다. 곧이어 빛의 근원지를 찾으려는 듯 뒤척이기 시작했고, 그럴 때마다 은빛 피부의 윤곽선이 넘실대면서 현실과의 경계가 흐려지는 듯한 착각을 불러일으켰다.

뭐가 전부냐는 뜻이었을까.

나는 이제야 너에게 묻고 싶어진다. 사랑하지도 않는 남자와 결혼한 뒤 5년 동안 인형 놀이 같은 삶을 살다가 이혼당하고, 뱃속에 그 남자의 아이까지 밴 너와 나눌 수 있는 대화라는 게 그럼 어땠어야 할까. 이 세상에 껍데기 같은 삶을 살고 있는 게 너 하나는 아니라고 귀띔이라도 했어야 했을까. 도대체 내가 무슨 말을 더 할 수 있었을까.

어느새 달려온 문호가 내 팔을 붙잡고 잽싸게 조명을 낚아챘다. 나는 조명을 되찾기 위해 문호의 팔에 매달리다시피 했지만 그는 끄떡도 하지 않았다.

"내놔요! 내놓으라고!"

포기할 수 없었다. 고세나이트가 그 은빛 투명한 오장육부 안에 알알이 박혀있을 유리 조각들을 토해내기 전까지는.

"지유 씨."

인서의 차분한 목소리에 나는 멈칫하고 그쪽을 바라보았다. 그녀가 나를 그런 식으로 부른 건 처음이었다. 그러나 거리가 너무 멀어 그녀의 얼굴은 뭉툭한 지우개처럼 흐리게만 보였다.

"지유 씨."

아무런 울분도 섞여있지 않은 다정한 목소리에 가슴이 덜컥 내려앉았다. 물 먹은 스펀지처럼 묵직해진, 불편한 감정들에 짓눌려 미처 깨닫지 못했던 사실이 있었다. 나는 그녀의 목소리를 언제나 좋아했다. 언젠가 기회가 된다면 한 번쯤 묻고 싶기도 했다. 우리가 만약 엘고나인이 아닌 다른 곳에서, 다른 이유로 만났더라면 어땠을까요.

"속여서 미안해요."

인서가 포켓에서 꺼낸 것은 조명이었다. 돌출부에 부딪히면서 조명을 떨어뜨렸다는 말은 거짓이었나? 그렇다고는 해도 지금 같은 상황에서 사과는 어딘가 쌩뚱맞은 데가 있었다. 우리는 원래 이 일을 '같이' 하기로 합의했고 그녀가 내게 사과할 이유는 어디에도 없었다.

인서를 말려야 한다는 예감이 강하게 들었다. 그러나 낌새를 눈치챈 문호가 한 발 먼저 나를 붙잡았고, 뿌리치며 저항할수록 붙잡은 몸을 올가미처럼 세게 옥죄며 포박해 왔다. 나는 패닉 상태에 빠지지 않으려 헐떡거리는 숨을 최대한 가다듬으며 말했다.

"대장님, 실은 기훈이 죽었을 때 실장님이 말하지 않은 게 있어요. 고세나이트가…."

"유리 조각을 뱉어냈다고요?"

"그걸 어떻게…."

문호는 챙겨온 케이블타이로 내 두 손목을 수갑처럼 감아 묶었다. 나는 무슨 일이 벌어지고 있는 건지 파악하느라 어안이 벙벙한 채 그 모습을 지켜보고만 있었다. 고세나이트가 유리 조각을 내뱉는다는 사실을 문호가 알고 있다. 이 행성에는 우리 셋밖에 없고 소거법으로 나 아니면 문호, 문호 아니면 인서였으므로 범인은….

눈이 마주친 문호가 포기하라는 듯 고개를 가로저었다.

그렇구나.

속은 건 문호가 아니었다. 이건 처음부터 나를 속이는 게 목적인 판이었다.

인서가 조명을 머리 위로 높이 치켜올렸다.

스위치를 누르자 약 2,000루멘의 빛이 끝없는 레일 위를 달리는 열차처럼 뻗어나갔다. 동시에 허우적거리며 요동치던 고세나이트의 몸짓이 멈추었다. 다음 순간 놈이 인서를 향해 뿔을 겨냥했다.

"안 돼…."

가슴 통증이 극심해졌다. 점보다도 작아져 버린 인서의 실루엣을 황망하게 바라보았다. 그 앞에 고세나이트의 아가리가 육각의 꽃잎처럼 한껏 펼쳐졌다.

"도망쳐, 제발!"

송신 범위 안이었으니 나의 찢어질 듯한 목소리가 인서의 귓가에도 울려 퍼졌을 것이다. 그 순간 인서가 잠시 이쪽을 돌아본 것도 같았다. 확실하지는 않았다. 잠시 후 인서는 스스로 고세나이트의 아가리를 향해 걸어 들어갔고, 인서를 삼킨 꽃봉오리는 시간을 되돌린 듯 만개하기 전으로 돌아갔다. 꾹 다문 입을 다시는 펼치지 않은 채.

문제의 풍경이 펼쳐진 건 바로 그다음이었다. 고세나이트의 몸통 전체에서 마치 사리를 뱉어내듯 유리 조각들이 불쑥불쑥 튀어나오기 시작했다. 놈은 그 과정 동안 쉼 없이 경련을 일으켰다. 어쩌면 그것이 고통의 몸부림이었을지도 모른다는 생각이 든 건 먼 나중의 일이었다.

피부를 뚫고 뾰족하게 솟아오른 수백만 개의 유리 조각들이 일제히 바닥으로 떨어졌다.

"그 괴물이 기훈일 삼키기 전에 유리 조각들을 뱉어냈어요."

인서가 나에게 했던 거짓말이 무엇이었는지 이로써 명백해졌다. 머리채를 잡거나 주먹이라도 한 방 날려서 나를 속인 값을 치르게 해주고 싶었지만 그럴 수 없었다. 그녀는 이미 우주에서 사라진 뒤였다.

"삼키기 전이 아니라 후였던 거죠."

나를 짓누르고 있던 문호의 힘이 약해지는 것을 느꼈다. 그는 내 시선을 굳이 피하지는 않았지만 딱히 다른 대답을 찾지 못한 입을 쉽사리 열지도 못했다.

얼마 없어서 귀한 치킨누들수프 맛 튜브를 전부 다 해치우고도 모자라 후식으로 된장국맛 튜브까지 흡입했다. 다 먹은 튜브를 함부로 바닥에 버릴 때마다 조금 떨어진 곳에 앉아있던 문호가 움찔했다. 나는 우주선에 돌아온 순간부터 그가 나를 바라보는 것도, 말을 거는 것도 허락하지 않았다. 문호는 순순히 내 말을 따랐고, 다만 내가 시야에서 벗어나지 않을 정도의 거리만 유지하고 있었다.

그는 책장에 꽂혀있는 것 중 가장 두꺼운 매뉴얼 북을 꺼내 읽기 시작했다. 한쪽 다리를 꼬고 앉아 그 위에 책을 올려놓고 느긋하게 목차를 훑는 그의 모습을 나는 믿겨지지 않는 눈빛으로 보았다. 애초에 불리한 싸움이었다. 할 말이 넘쳐

흐르는 쪽은 나였고 문호 역시 그 사실을 알고 있었다.

"언제부터였어요?"

"말 걸지 말라면서요."

"절 속이고 둘이서 짠 게 언제부터였냐고요."

문호는 읽고 있던 부분의 귀퉁이를 접은 뒤 매뉴얼 북을 내려놓았다.

"그러는 김 닥은 언제부터였습니까? 나 빼고 둘이서 짠 게."

"말장난할 만큼 시간이 많지 않을 텐데요."

"속인 적 없습니다. 그럴 의도도 없었고요. 전 실장이 우리한테 각기 다른 제안을 했던 것뿐입니다."

"자살하겠다는 것도 제안입니까?"

"그게 아니라."

'자살'이라는 단어에 문호의 눈빛이 처음으로 흔들렸다. 그러나 그린 기색은 찰나보다 빠르게 사라졌고 눈 한 번 깜박이자 언제 그랬냐는 듯 이성적인 협상가로 돌아가 있었다.

"전 실장은 유리 조각이 생성되는 메커니즘을 밝혀내고 싶어 했습니다. 그러기 위해선 고세나이트의 입 안에 직접 들어가 보는 수밖엔 없었고요."

"그 말을 믿었다고요?"

"믿든 안 믿든… 해볼만한 시도였잖아요?"

"야 이 개새끼야!"

나는 거세게 문호를 밀쳤다. 등과 뒤통수를 벽에 부딪힌 문호가 낮은 신음을 뱉었다.

"둘이서 무슨 거래를 했어?"

"솔직히 말해서 그때 전 실장은… 이미 말릴 수 있는 상태가 아니었습니다."

"거짓말 집어치워요. 역겨우니까."

나는 문호의 쇄골을 짓누르는 팔꿈치에 더욱 힘을 실었다. 그는 골치 아프게 되었다는 듯 대놓고 혀 차는 소리를 내었다.

"동의 표."

"뭐?"

"당신 동의 표를 얻어주는 대신 내 조명을 넘겼지."

문호는 긴급 복귀 프로토콜을 중단하기 위해 인서에게 나를 설득하는 전령 역할을 맡겼고, 그 대가로 자신의 조명을 넘겼다. 그제야 인서가 가지고 있던 두 번째 조명의 출처가 어딘지 알 수 있었다.

"당신이 죽인 거나 마찬가지야!"

문호가 몸에 들러붙어 있던 나를 신경질적으로 떼어내며 처음으로 언성을 높였다.

"제발 좀, 김 닥! 지금 우리가 처한 상황이 그렇게 감정적으로 굴어도 될만한 상황이라고 생각합니까?"

"당신도 참 불쌍한 인간이야."

"뭐요?"

"이렇게까지 하는 이유가 뭔데?"

"말했을 텐데요. 이건 역사에 이름을 남길 프로젝트라고."

"무서워서 그런 거면서."

나는 유리 조각들을 쏟아내며 온몸으로 경련을 일으키던 고세나이트의 모습을 떠올렸다. 아픈 곳을 찌르면 몸부림칠 수밖에 없는 게 감각을 가진 생명체들의 숙명이지. 그렇지 않나.

"앞으로 혼자 쓸쓸히 뒈지는 게 무서워서 그런 거잖아?"

문호가 내 뺨을 때렸다. 얼얼하게 퍼지는 고통이 도리어 반갑기까지 했다. 이제 그도 더는 나에게 감정적이라느니 어쩌니 들먹이지 못할 테다. 내 입가에 승리의 미소가 번졌고, 그것이 문호의 마음을 더욱 흔들어 놓은 게 틀림없었다. 그는 전혀 그답지 않은 모습을 보이며 허둥거리기 시작했다.

"지금부터 복귀 준비를 시작합니다."

"아직도 대장 노릇을 하려고요? 우리 둘밖에 안 남았는데?"

나는 잠시 숨을 고른 뒤, 고세나이트의 조직을 채취한 샘플 튜브를 문호 앞에 내려놓았다.

"이건 갖고 가요."

"당연히 그렇게 할 겁니다."

"전 여기 남겠습니다."

문호는 이상한 농담을 듣기라도 한 듯 광대를 씰룩이더니 이내 폭소를 터뜨렸다. 나는 그의 감정이 실시간으로 변하며 날뛰는 모습을 미동 없이 바라보았다. 잠시 후 제풀에 지친 그가 내린 결론은 나를 완전히 무시하는 것이었다. 문호는 나를 지나쳐 조타기 앞 자신의 지정 좌석으로 가 앉았다. 우주선을 이륙시키려면 기본적으로 점검해야 할 것들과 절차들이 있었는데 그것들을 모두 건너뛰고 수동으로 기체를 조작할 셈이었다.

나는 문호를 막기 위해 그의 뒤통수를 향해 돌진했다. 거센 충돌이 일어나면서 우리는 둘 다 무게중심을 잃고 바닥으로 굴러떨어졌다. 이곳저곳에 이마, 어깨와 허리 혹은 엉덩이를 찧으면서 악 소리도 나오지 않을 만큼 아팠지만 용수철처럼 튀어 올라 몸을 일으켰다. 두 주먹을 불끈 쥐었다.

"김 닥, 의외로 먹물 아니고 짱돌이었네."

말이 끝나기 무섭게 한 번 더 그를 향해 돌진했다. 그러나 내 몸을 이루는 조직들은 무르고 물컹하고 탄성적인 것이어서, 짱돌처럼 날아가 부딪혀 깨지거나 산산조각 나지 못했다. 나의 몸과 그의 몸은 잘못 엉겨 붙은 반죽처럼 팽팽했다가 느슨해지고, 부풀었다가 꺼지길 반복했다. 그건 영화나 드라마에서 보던 장면과는 사뭇 다른, 초등학생들의 힘겨루기 같은 유치한 실랑이의 향연이었다.

문호가 내게 팔을 휘둘러 제법 세게 밀쳐냈다. 나는 나가떨어지지 않기 위해 버둥거리다가 아예 그의 팔뚝을 끊어뜨릴 듯이 깨물었다. 문호의 비명이 터져 나왔다.

"임무는 이미 성공했어! 당신이야말로 대체 이렇게까지 하는 이유가 뭔데!"

문호의 팔뚝에 선명하게 찍힌 잇자국 사이로 가느다란 핏물이 불거져 나오는 모습을 바라보던 나는 문득 진실을 털어놓았다.

"만나고 싶으니까."

"……."

"대장님은 지구에 돌아가면 볼 수 있잖아요. 하지만 전 아니에요. 제가 걜 볼 수 있는 방법은 이것뿐이라고요."

"그러다 네가 죽어요. 전 실장처럼."

"상관없어요."

"상관없다고? 그게 암으로 죽어가는 사람 앞에서 할 소리야?"

"대장님은 역사에 이름을 남기면 돼요. 그러니까 이건 원-윈 이라고요."

잠시 숨을 고르며 서로를 죽일 듯이 노려보던 우리는 누가 먼저랄 것도 없이 못생긴 반죽 한 덩어리에서 두 덩어리로 분리되었다.

"하나만 물어봅시다."

문호가 선반에서 붕대를 꺼내 핏물 맺힌 팔뚝을 단단히 감 았다. 깨물렸을 때의 고통이 다시 떠오르기라도 한 듯 그가 잠깐 몸서리쳤다.

"만나서, 그다음은 뭘 어쩌겠단 겁니까?"

힐난하는 투에 숨겨진 문호의 순수한 호기심이 느껴졌다. 상처에 소금을 비비는 듯한 쓰라림이 밀려왔다. 유치한 몸싸 움을 벌이면서 테이블 모서리에 허리를 찍히거나 의자 바퀴 에 이마를 찧었을 때와는 다른 종류의 수치심과 통증이었다. 몇 가지 그럴싸한 변명들이 스쳐 지나갔지만 쉽사리 입이 떨 어지지 않았다. 그저 잠깐의 위기 상황을 모면하기 위한 변 명으로는 어림없었다. 문호를 설득하고, 나를 설득할 수 있 는 대답을 내놓아야 했다. 무엇보다도 다시 만나게 될 그 사 람 앞에서, 이런 식으로 우물쭈물할 수는 없었다. 고세나이트의 거대한 아가리 앞에, 현실과의 경계를 흐려놓는 듯한 은빛 실루엣 속에 서있는 하진의 형상이 떠올랐다.

"할 말이 있어요."

"모르나 본데 그딴 건 살아있는 사람한테만 허락되는 겁니다."

나는 벽에 비치되어 있던 비상용 소화기를 향해 걸어갔다. 그건 내 계획에 전혀 없던 일이었고 그걸 뽑아 들기 직전까지 내가 무슨 일을 하려는지 나조차 알지 못했다. 나는 소화기의 안전핀을 뽑고 문호를 향해 직격으로 분사했다. 하얀 분말을 온통 뒤집어쓴 그가 눈을 뜨지 못한 채 허우적거리는 손으로 나를 찾았다. 기회는 지금뿐이었다. 바닥의 해치를 열고 밑으로 뛰어내렸다. 이설픈 착지로 발목을 살짝 삐었고 감전된 듯 찌릿한 고통이 발목을 타고 올라와 심장을 전율시켰다.

달렸다.

달리고 또 달렸다.

"김 닥!"

등 뒤에서 외치는 문호의 목소리가 물 바깥에서 들려오는 것처럼 비현실적으로 들렸다.

에어로크에 들어온 뒤 해치를 잠갔다. 진열대에 비치되어

있는 여벌의 우주복을 꺼내 서둘러 갈아입었다. 전원을 켜고 생명유지장치의 수치를 확인하니 다행히 모두 정상 범위였다.

압력 게이지가 평행을 가리킬 때까지 잠시 기다렸다가 바깥으로 나가는 해치의 손잡이를 역 시계 방향으로 돌리기 시작했다.

"김 닥! 이거 열어요, 당장!"

어느새 나를 쫓아온 문호의 목소리가 해치 너머에서 들려왔다. 기계음이 잇따라 들리는 걸로 보아 잠겨있는 해치를 강제로 열기 위해 자신의 지문이나 접속 코드를 입력하고 있는 듯했다. 그러나 바깥으로 연결되어 있는 에어로크는 안전성 때문에 다른 곳보다 보안이 엄격했다. 무언가 잘 안 되는 모양인지 몇 차례 시도하던 문호가 고함을 지르며 해치를 발로 걷어찼다. 그것을 마지막으로 더는 너머에서 그의 기척이 느껴지지 않았다.

우주선에서 나온 뒤 내가 제일 먼저 향한 곳은 카트가 주차되어 있는 하부 격납고였다. 한 번도 카트를 운전해 본 적 없었지만 탐사 때 운전하던 문호의 모습을 곁눈질한 적이 있어 어떻게든 될 거라는 생각이 들었다.

운전석에 앉아 운전대 측면에 버튼이 모여있는 패널을 살펴보았다. 시동 버튼을 누르고 스틱을 돌려 기어를 바꿨다.

힘 조절이 안 된 채로 액셀을 밟았더니 급발진한 카트가 하마터면 격납고의 문에 부딪혀 사고가 날뻔했다.

참았던 눈물이 흘렀다.

한 번 터진 눈물은 그야말로 고장 난 수도꼭지처럼 줄줄 새기 시작해 멈출 줄 몰랐고, 결국 카트를 몰고 목적지를 향해 가는 동안 아이처럼 목 놓아 울기만 했다. 가끔씩 표면에 울퉁불퉁하게 솟은 얼음 뿌리들이 덜컹하고 밟히면서 엉덩이가 공중으로 붕 뜨는 느낌이 들었다. 그러나 액셀을 밟은 발을 떼지 않은 채 점점 더 속도를 높였다. 가는 동안 다시는 돌아보지 않았다. 울음소리 사이로 인서가 불러주었던 자장가 선율이 들려오는 것 같은 착각이 들었다. 그것만이 내가 이 우주에 혼자 있지 않다는 증거이자 위안이 되어주었다.

제2구멍에 도착했을 때 비로소 눈물이 멎었다. 비정상적으로 뛰던 가슴도 평소의 박자를 되찾았다. 카트에서 내린 나는 윈치의 전원을 켜고 라이프라인을 연결하기 위해 하네스를 착용했다. 단 한 개 남은 HID 조명의 스위치를 켜고 잘 작동되는지도 점검했다.

구멍 가장자리까지 다가갔다. 무릎을 꿇고 몸을 최대한 낮춰 아래를 내려다보았다. 수십 미터의 어둠을 지나면 닿을 바다의 모습을 그려보았다. 다섯 개의 달이 뜨는 엘고나인의 바다에선 과연 어떤 파도가 칠까. 지구에서는 상상도 할 수 없는, 모든 것을 휩쓸어 버릴 만큼 강력한 파도일까.

이제 내려갈 차례였다. 윈치 쪽을 봐줄 사람이 있었다면 훨씬 안전하고 편했겠지만 어쩔 수 없었다. 빙벽의 크고 작은 돌출부를 부여잡고 한 계단 한 계단씩 내려갔다. 그때부터였다. 아무도 알아주지 않을 길고도 지루한 싸움이 시작되었다. 환생을 세 번쯤 해서 번다고 해도 쥐어볼 수 없는 천문학적인 돈을 투자받아 여기, 엘고나인까지 왔지만 결국 맨몸으로 부딪혀야 하는 건 마찬가지구나. 새삼스레 연구원 초년생 시절이 떠올랐다. 지도 교수는 지원금 사업을 따기 위해 늘 자리를 비웠고 덕분에 쥐똥만 한 연구실은 나만의 방이 되었다. 비전이라곤 눈곱만큼도 보이지 않아 이대로는 안 되겠다 싶어 해외에 있는 연구소를 적극적으로 알아보던 때도 있었다. 그러나 자기만 믿고 따라오면 된다던 교수와 진지하게 상의해 본 적은 한 번도 없었다.

그때 날 붙잡아 준 건 다른 무엇도 아닌 발광 와편모충이었다. 흔히 야광충이라고 불리는 것이었다. 내가 맡은 일은 다양한 실험에 쓰일 와편모충을 배양하는 것이었는데, 온도와 염도 등을 조절하는 일도 중요했지만 그중에서도 생물발광 능력에 직접적으로 영향을 미치는 광주기, 즉 빛과 어둠의

주기를 조절하는 일이 가장 막중했다.

일반적인 광주기 비율은 명기(明期) 12시간, 암기(暗期) 12시간이었다. 당연하지만 이는 자연의 리듬을 모방한 것이었다. 밝은 기간인 명기에는 백색 LED 조명을 이용했다. 문제는 어두운 기간인 암기였다. 암기에는 완전한 암실 상태가 되어야 했는데 연구실에는 차광 인큐베이터가 없었다. 어쩔 수 없이 암막 천을 떼어 수공으로 텐트를 제작하고 남은 틈새는 검정 테이프로 막았다. 여러모로 조악했지만 암실 효과는 여타 장비와 똑같았기에 상관없었다. 다만 딱 한 가지, 타이머가 없어서 수동으로 명기와 암기를 전환해 주어야 한다는 점이 변수라면 변수였다. 그러나 그것도 큰 걱정은 되지 않았다. 오히려 그 반대였다. 규칙이랄 것 없이 되는대로 살고 있던 나에게 어떤 면에서는 상당히 매력적인 주기로 다가왔다.

그 시절의 내가 유독 움푹 꺼진 구멍처럼 보이는 데는 하진의 몫도 상당 부분 있었다. 그때 하진은 다니고 있던 회사에서 이례 없이 빨리 승진하고 부모님과 살던 집에서 나와 오랫동안 바랐던 자기만의 보금자리를 얻었다. 부모님은 지원해 줄 테니 옵션이 더 좋은 신축 아파트로 갈 것을 권유했지만 하진은 고집을 굽히지 않았다. 결국 역세권에서 조금 먼 지역의, 골목골목을 지나 가파른 경사를 두 번쯤 오르면 나오는 빌라로 이사했다. 지어진 지 오래돼 조금 낡은 감은 있었지만 그만하면 깔끔하고 튼튼한 편이었다. 무엇보다 거실에 볕이 말도 안 되게 잘 들었다. 그 집을 처음 보러 갔을 때 하진은 그 볕에 들어가는 순간 자신이 살게 될 곳을 알았다고 했다. 다른 곳은 둘러볼 필요도 없었다고.

하진은 이사를 끝낸 그날부터 집들이를 오라고 졸랐다. 나는 이런저런 핑계를 대다가 더 이상 댈 핑계가 떨어지자 발광 와편모충을 돌봐야 해서 당분간은 어렵겠다고 못을 박았다.

그게 뭐야? 벌레를 왜 키워? 하진은 이미 신경질이 날 대로 난 상태였지만 그녀는 늘 내가 하는 일을 존중하려고 애썼기 때문에, 특히나 발광 와편모충이라는 생소한 이름이 주는 알 수 없는 막중한 느낌 때문에 호기심을 드러내며 한 발 물러났다.

와편모충은 그런 벌레가 아니라 원생생물의 한 분류군이라고 설명해 주었지만 그녀는 이해하지 못했다. 벌레를 키우는데 왜 집들이를 못 온다는 건지 더 친절한 설명을 요구했고 그녀의 비위를 맞춰줄 여력이 없었던 나는 그냥 그런 게 있다고 잘라 말했다. 어찌 됐거나 이 일이 끝날 때까진 갈 수가 없겠다고.

너의 집.

아침에 눈을 뜨면 네가 좋아하는 커피를 내려 마시고, 고소한 원두 냄새가 집 안에 풍기는 동안 베란다에 내놓은 작은 화분들에 물도 주고, 겸사겸사 날씨를 확인하고, 입고 나갈 옷을 고르고, 나가기 전 거울을 한 번 체크하고, 접이식 우산을 챙겨가야 할지 말지 잠시 고민하는… 너의 집. 퇴근하고 밤늦게 돌아오면 나가기 전 있었던 모든 것들이 제자리에서 너를 반겨주고, 라벤더향 입욕제를 푼 따뜻한 물에 몸을 담그고, 막 지어낸 노래를 흥얼거리고, 머리를 말리고, 아침에 개수대에 두고 간 접시들을 설거지하고, 노곤해진 몸을 침대에 누이며 낮에 업무 보느라 밀린 연락에 답장하고, 웃기고 귀여운 것들이 나오는 영상도 조금 보다가 드디어 무거워진 눈꺼풀을 감으면, 옆에서 이마를 쓰다듬으며 수고했다고 말해줄 이가 없어도 견딜만한 마음으로 잠에 빠져들 수 있는…

너의 집.

거기에 내가 왜 가야만 하느냐고 반문하는 대신, 나는 말문이 턱 막히고 숨이 콱 막히는 느낌이 들 때마다 발광 와편모충의 이름만 되풀이했다. 그러면 하진은 잔뜩 실망한 기색을 숨기지 못한 채 그러나 더는 들볶지 않고 입을 다물었다.

그때까지 나는 내가 살던 원룸에 하진을 초대한 적이 한 번도 없었다. 늘 궁금해하는 하진에게 거기는 잠만 자는 곳이라고, 진짜 사는 곳은 연구실이라고 둘러대긴 했지만 그렇다고 연구실이 어디에 있는지 알려준 것도 아니었다. 허름하고 쥐똥만 한 그곳이 나의 전부라는 사실을 들키는 게 두려웠다. 다른 곳으로, 어디든 여기보다 조금이라도 더 나은 곳으로 가게 되면 그때 하진을 정식으로 초대하리라는 것이 나의 계획이었다.

정말로 그렇게 하려고 했다. 그리고 그렇게 했을 것이다. 다른 곳으로, 어디든 여기보다 조금이라도 더 나은 곳으로 가게 되었다면 말이다. 나는 몇 년째 제자리였고, 언젠가부터 바다의 짠 내 섞인 바람이 물린 나머지 두통이 일어나기까지 했다.

그러니 내가 거길 왜 가야 해?

나는 암막 텐트에 누워 머리맡에서 무럭무럭 자라나는 와편모충 친구들에게 은밀히 속삭였다.

그러다가 일이 터졌다. 하진이 연구소로 직접 찾아온 것이다. 여긴 어떻게 알았느냐고 다그쳤지만 연구소 위치가 국가 기밀도 아니고 검색 몇 번이면 우편 주소까지 전부 나온다는 사실을 알고 있었다. 하진은 들고 있던 케이크 상자를 이런저런 장비들과 논문더미들로 가득 찬 테이블 구석에 조심스럽게 내려놓았다. 나는 다시 한번 다그쳤고, 하진은 살짝 붉어진 눈가를 비비며 자기는 지금 몹시 피곤한 상태라는 엉뚱한 답변을 내놓았다. 예상치 못한 업무가 추가되어 퇴근이 늦어지는 바람에 미리 주문한 케이크의 픽업 시간을 놓쳤고, 미리 예매한 기차 시간도 놓쳤고, 여기까지 오느라 온갖 고생이란 고생은 다 했는데 너까지 나한테 화를 낼 것 없지 않느냐며 도리어 신경질을 냈다. 나는 더 싸우기 싫어 입을 꾹 닫고 커피포트에 물을 받았다. 믹스커피밖에 없어, 나 믹스커피 좋아해, 거짓말, 진짜야… 같은 말들이 오갔고 나는 종이컵에 탄 믹스커피를 하진에게 건네주었다.

하진은 토끼 같은 눈으로 연구실 안을 샅샅이 훑었다. 심장이 덜컹 내려앉았다. 들킬 것을 들키고야 말았다는 수치심과 분노가 내 안에서 소용돌이치며 커져갔다. '대단하다'는 게 하진의 첫마디였다. 이어서 비슷한 계열의 칭찬들이 연달아 쏟아졌다. 나는 하진의 칭찬을 들을 때마다 지옥 속으로 무너져 내려가는 마음을 들키지 않기 위해 얼굴을 비비고 쓸어내렸다. 그러던 중 하진의 눈길이 구석에 있던 암막 텐트로 향했다. 저건 뭐야? 동시에 그녀가 손을 뻗어 텐트 입구를 열었다. 너무나도 순식간에 벌어진 일이었다. 살짝 열린 틈으로 빛이 새어 들어갔다. 나는 하진의 어깨를 밀쳤다. 하진이 휘청하며 넘어지지 않기 위해 옆에 있던 테이블 다리를 붙잡았다. 다행히 넘어지지는 않았지만 테이블 위에 올려놓았던 케이크 상자가 바닥으로 떨어졌다. 나는 암막 텐트를 수습하는 데만 정신이 팔려서 그 사실을 알지 못했다. 검은 테이프로 벌어진 틈새를 꼼꼼하게 막은 뒤 하진에게 버럭 소리를 질렀다.

"뭐 하는 짓이야? 너 땜에 다 망칠뻔했잖아!"

"몰랐어, 난….'

"그러게 여긴 뭐 하러 온 거냐고!"

하진은 쭈그려 앉은 채 말이 없었다. 그제야 내 눈에 뭉그러진 케이크가 들어왔다. 처음에는 그게 정말 먹는 케이크가 맞는지 헷갈렸다. 보통 우리가 알고 있는 케이크의 색깔과는 거리가 멀었다. 음식과는 거리가 먼, 형광빛이 도는 푸른색 크림이 빵 시트를 뒤덮었고 끔찍하게 맛없어 보였다.

"이게… 뭐야?"

"와편모충.'

"뭐?"

"발광 와편모충 케이크야."

알고 보니 그것은 어둠 속에서 와편모충이 발광하는 청색광의 바다를 표현한 케이크였다. 나의 연구실에 처음 방문하는 기념으로 그녀는 뭔가 의미 있는 선물을 준비하고 싶었고, 그녀가 생각하기에 내게 지금 가장 중요한 것은 와편모충이었으므로 그녀는 와편모충이 그려진 케이크를 만들면 재밌을 거라고 확신했다. 디저트를 별로 즐기지 않는 나라도 틀림없이 좋아할 거라고.

하진의 생각은 적중했다.

나는 하진 옆에 쭈그려 앉아 뭉그러진 케이크의 파란색 크림을 손가락으로 찍어 맛보았다. 크림 속에 들어있는 작은 설탕과 파핑캔디 알갱이들이 입안에서 폭죽을 터뜨렸다.

"맛있다."

"맛있지?"

우리는 케이크의 멀쩡한 부분을 떼어내 접시에 나눠 먹었다.

그날 밤 내 차를 타고 하진의 집에 늦은 집들이를 갔다. 술을 마시지 못하는 하진이 냉장고에서 식혜를 꺼냈다. 직접 담근 건데 기가 막히게 맛있다고 했다. 언제부터 네가 식혜를 담글 줄 알았냐고 물었더니 입에 맞으면 몇 병 가져가라고 말했다. 놀랍게도 식혜는 정말 맛있었다. 우리는 이런저런 얘기를 하면서 식혜 한 병을 거의 비웠다. 그러자 하진이 이번엔 자고 가라고 설득했다. 자기가 정말로 이 집을 선택한 이유를 아직 못 봤다는 이유였다. 그게 뭐냐고 물어도 자고 가야 알 수 있다기에 나는 하진이 억지를 부린다고만 생각했다. 남은 식혜를 다 마시고 돌아갈 채비를 하자 하진이 울기 시작했다. 당황한 나는 아무것도 할 수 없었다. 그녀는 원래 감정 표현에 솔직하고, 상당히 다양한 표정을 지을 줄 알았지만 눈물만큼은 그렇지 않았다. 그녀의 말에 따르면 죽으려고 바다에 뛰어들었던 그 어린 날 평생 흘릴 눈물을 다 흘렸기 때문이라고 했다.

케이크 사건도 있고 해서 마음이 약해졌던 나는 결국 자고 가겠다고 했다. 씻고 나오니 하진이 거실에 이불을 펴고 있었다. 나는 그녀가 내어준 잠옷을 입고 이불에 벌렁 드러누웠다. 이불의 포근한 감촉이 살을 파고들었다. 잠시 후 잘 준비를 마친 하진이 불을 끄고 내 옆에 나란히 누웠다.

"잘 자."

"잘 자."

이런저런 일들이 많은 하루였고 바로 곯아떨어질 법도 한데 한참을 설쳤던 것 같다. 그 순간이 믿기지 않아서였다. 태양이 반대편으로 넘어가는 암기일 때 느닷없이 두려워하지 않고, 나란히 눕고, 서로 잘 자라고 인사하고, 가장 취약한 상태가 될 때까지 아무것도 하지 않은 채 그저 서로의 곁을 지켜주고 있다는 게… 나한테는 도저히 믿을 수 없는 일이었다.

다음 날 눈을 뜨니 먼저 잠에서 깬 하진이 나를 바라보고 있었다. 거실로 쏟아지는 아침 햇살에 눈이 멀 것만 같아서 이불을 머리끝까지 당겨 덮으니 하진이 다시 이불을 빼앗아 끌어당겼다. 자기는 이 빛 때문에 여길 선택한 거라고 했다. 하진의 말이 옳았다. 환하고 따뜻한 빛 속에 전신을 담그고 있는 감각은 행복을 불러일으켰다. 행복이 무엇인지는 몰라도 그때는 그렇게 생각했다. 지금 이 기분이 앞으로 내가 살면서 느낄 수 있는 것들 중 가장 행복에 근접한 값이 될 거라고.

그 뒤 와편모충의 광주기를 조절하기 위해 어쩔 수 없이 연구실로 돌아가긴 했지만 하진의 집에 놀러가는 횟수가 점차 눈에 띄게 많아졌다. 그러다 어느 휴일에는 하진과 느긋하게 아침 겸 점심을 먹던 중 깜박하고 광주기를 놓쳤다는 사실을 깨달았다. 그다음부디는 그냥 될 대로 되라는 식으로 하진의 집에 눌러앉았다. 한 일주일 정도 하진의 집에서 놀고, 먹고, 자고를 반복하고 있을 때 지도 교수로부터 연락이 왔다. 출장을 마치고 오랜만에 연구실에 들른 교수는 오랫동안 방치된 와편모충들을 보고는 드디어 내가 연구실에서 도망쳤다고 생각했다.

"와편모충 상태는 어때요?"

"직접 와서 봐봐."

가지 말라고 붙잡는 하진에게 금방 오겠다고 약속하고는

연구실로 돌아갔다. 근 일주일 만에 돌아간 연구실은 먼지가 쌓인 것을 제외하곤 모든 것이 그대로였다. 교수는 테이블 위에 쌓여있던 장비들을 한쪽으로 치우고 짬뽕을 먹고 있었다. 피차간에 잘 지냈는지 하는 형식적인 인사는 필요 없었다. 교수는 면을 건져 올리며 암막 텐트 쪽으로 눈짓해 보였다. 나는 곧장 암막 텐트로 가서 와편모충들이 들어있는 배양 플라스크를 확인해 보았다. 다행히 상당수 살아있었다. 텐트를 막으며 암기로 만들어 놓고 타이머를 다시 설정하려는데 남아있던 국물까지 들이켜고 냅킨으로 뻘개진 입가를 닦던 교수가 말했다.

"버려."

"네?"

"다 버리라고."

"다요?"

"그럼? 어따 쓰게?"

"무슨 말씀이세요? 저번에 암기 노출됐던 와편모충들은 이틀 만에 복구했잖아요? 이것도….'

"그건 암기였지. 이건 명기잖아."

교수는 와편모충들이 암기에 방치되었을 때보다 명기에 방치되었을 때가 더 치명적이라는 사실을 알려주었다. 광산화

스트레스로 세포가 손상된 와편모충들은 발광 능력을 소실하고 복구할 수 없다는 사실을 그때 배웠다. 발광 능력을 잃은 와편모충들은 생존은 가능하지만 실험실에서 완전히 쓸모없게 된다는 것도.

그래서 교수의 말대로 그것들을 전부 버렸다.

나중에 이 얘기를 듣게 된 하진은 약간 충격을 받았는지 얼떨떨한 목소리로 되물었다.

"정말 다 버렸어? 진짜?"

"응, 전부 다."

그 뒤로 하진의 집에는 가지 않았다. 하진 역시 와편모충에 대한 얘기는 다시 꺼내지 않았다. 그리고 지금, 수십 미터의 얼음 구멍을 내려가고 있자니 어쩌면 그 시절은 내가 생각했던 것만큼 실제로는 그리 깊은 구멍이 아니었을지도 모른다는 생각이 들었다. 만약 머리끝부터 발끝까지 빛 속에 나를 담근 채, 숨 쉬고 말하며 웃었던 그 이른 아침의 기억이 없었더라면 어땠을까.

체감상 30미터를 훌쩍 넘었을 때였다. 갑자기 우주복에서 비상 알람이 울렸다.

"산소 레벨이 급격하게 떨어지고 있습니다. 원인을 분석 중입니다."

확인해 보니 대략 18분 후에 산소 레벨이 바닥 날 예정이었다.

"분석 결과 오른쪽 장갑에서 손상이 발견되었습니다. 즉시 조치 바랍니다."

아차 싶었다. 돌출부를 잡다가 어느 날카로운 얼음 뿌리에 베인 모양이었다. 충분히 벌어질 수 있는 사고였다. 진짜 문제는 내가 있는 곳이 지상으로부터 족히 30미터는 떨어진 지하라는 사실이었다. 남아있는 체력을 쥐어짜낸다 해도 18분 안에 줄을 타서 구멍 위로 올라갈 능력이 내게는 없었다.

피식 웃음이 새어 나왔다. 어째서인지 그다지 두렵지 않았다. 도리어 이상한 안도감이 찾아왔다. 그랬다. 죽음 직전까지 간 게 이번이 처음도 아니었다. 목숨을 포기한 사람의 마음이라는 것이 생각보다 고요하고 침착한 무엇이라는 것… 그 사실을 잠깐 살아있는 동안 단지 살아있다는 이유만으로 잠시 잊고 있었다.

고세나이트와 대치하던 인서의 마지막 모습을 떠올렸다. 그 일이 있은 뒤에 나는 고세나이트가 인간에게 강한 환각작용을 일으키며 일시적으로 몽유 상태에 빠뜨리는 물질을 내뿜는다는 가설을 세웠다. 이제는 모든 것이 불분명하고 헷갈리기만 했다. 어쩌면 인서가 고세나이트의 아가리 속으로 걸어 들어간 건 오로지 인서 자신의 의지였을지도 모르겠다는 생각이 처음으로 들었다.

2차 경고 알람이 귓가를 어지럽혔다. 산소 레벨이 0에 수렴하고 있었다. 남아있는 몇 안 되는 숨이 그다지 아깝지 않았고, 그래서 아낌없이 숨을 들이마셨다. 언제부터였을까? 시간을 얼마나 거슬러 올라가야 기억날까? 펌프질 하는 심장 바깥으로 흘러넘치는 살아있음을 주체할 수 없어, 온몸이 부서지도록 파도를 맞았던 날이 어느 때엔가 있었던 것도 같은데.

빛나는 순간에는 언제나 하진이 있었다. 정신을 잃어가는 와중에도 나는 어떠한 사실을 깨닫고 사무치는 그리움에 두 눈을 감았다. 왜냐하면 나는 스스로 빛날 수 없는 인간이었으므로. 빛니는 하진의 얼굴을 바라보는 순간만이 바다에 반사되는 윤슬처럼 함께 빛날 수 있는 유일한 기회였기에.

더 이상 새로운 산소가 공급되지 않는 우주복 안에서 감각 기관들이 하나씩 닫혀갔다. 내 안을 가득 채우고 있던 고통과 슬픔, 일말의 미련들까지 전부 멎고 진공 상태가 되기를 기다리고 있을 때였다. 갑자기 라이프라인이 엄청난 속도로 감겨 올라가기 시작했다. 지상에 있는 윈치가 갑자기 고장 났거나, 아니면 누군가 윈치를 가동한 게 분명했다.

정신을 잃기 직전까지 갔을 때 구멍 바깥으로 빠져나왔다.

시야에 어른거리는 얼굴이 아는 얼굴만 아니었다면 나는 저승에 왔으며 나를 내려다보고 있는 것의 정체가 죽음을 형상화한 존재라고 생각했을 것이다.

"…대장님."

"어지러울 겁니다. 누워있어요."

극심한 두통이 밀려왔다. 물 밖으로 힘없이 끌려 나온 물고기처럼 입을 뻐끔거렸지만 목소리가 나오지 않았다. 결국 문호에게 말을 걸기를 포기하고 시선을 돌려 사신의 펄럭이는 옷자락 같은 새카만 우주를 올려다보았다. 문호는 장갑의 찢어진 부위에 테이프를 감은 뒤, 튜브를 꺼내 자신의 산소통과 나의 산소통 사이를 연결하고 밀봉 상태를 점검했다.

"1차 밸브 개방합니다."

"지금… 뭐 하시는…."

"아직 안 끝났잖습니까, 우리 임무."

무슨 말인지 이해가 되지 않았다. 우리 임무는 진작에 끝났다. 그것도 매우 성공적으로. 어째서 그는 지구로 복귀하는 일을 포기하고 구멍으로 돌아온 것일까.

붉은색 경고등이 울리던 헤드업 디스플레이에 산소 레벨이 안정권으로 들어왔다는 문구가 떠올랐다. 동시에 문호의 헤드업 디스플레이에 붉은색 경고등이 울리기 시작했다. 문호는 모든 시스템을 강제 종료시킨 후 산소통에서 튜브를 해제했다. 그는 입술을 씰룩이며 나를 향해 웃어 보였다. 엄지를 척 치켜올리는 장난기 가득한 모습을 보면서 평소 입에도 올리지 않던 욕이 불쑥 튀어나왔다.

"씨발… 씨발!"

무언가를 거머쥘 힘조차 없어서 내가 가진 것 중 가장 단단한 무기인 머리를 들이받았다. 기습을 받고 뒤로 나자빠진 문호가 나와 거리를 유지하며 경계 태세를 취했다.

"나 참, 누가 짱돌 아니랄까 봐."

그러나 여유롭던 모습은 잠시뿐이었고 곧 문호의 몸이 휘청이더니 중심을 잃고 쓰러졌다. 산소가 부족해져 몸이 점점 말을 듣지 않는 것이 분명했다. 그는 급한 대로 주먹을 쥐었다 폈다 하며 몸의 템포가 떨어지는 것을 최대한 지연했다. 또 숨을 너무 한꺼번에 쉬지 않기 위해 천천히 호흡했다. 나는 더 이상 뭘 어떻게 해야 할지 알 수 없었다. 문호에게 몸싸움 같은 충격을 한 번이라도 더 가했다간 끝이라는 사실을 나도 알고 그도 알았다.

문호가 팔을 들어 나의 어깨 너머를 가리켰다. 조금이라도 눈을 떼면 그가 사라지기라도 할 것 같은 두려움에 휩싸여 쉽사리 고개를 돌릴 수 없었다. 그러나 그의 눈동자 속에서 무언가를 읽은 다음에는 돌처럼 굳어있던 마음이 걷잡을 수 없이 일렁이기 시작했다. 우리는 늘 저 너머를 볼 줄 알아야 해. 과거, 현재, 미래는 고정된 것이 아니라 끊임없이 변하는 시간의 스펙트럼이니까. 그가 자신의 비전을 사람들에게 이해시키기 위해 지치지도 않고 늘어놓던 레퍼토리이자 늘 한 귀로 듣고 한 귀로 흘렸던 말이었다.

나는 문호의 손가락 끝이 가리키는 곳, 제2구멍을 돌아보았다.

"저 안이에요."

"무슨 생각을 하시든 간에 끝났어요. 저한테 있던 마지막 조명은 수명이 다했어요."

문호가 잘게 호흡하며 대답했다.

"내가 미끼가 될 겁니다."

"그러니까 더 이상 유인할 빛이 없다니까요!"

문호는 어깨를 으쓱해 보였다. 그가 저산소증으로 헛소리를 하는 거라 생각했다. 아무래도 산소를 다시 돌려주기 위해서는 그가 저항할 수 없는 상태가 될 때까지 기다리는 게 가장 빠를 것 같았다. 그때 문호가 가슴 쪽 포켓에서 무언가를 꺼냈다. 손안에 딱 맞게 쥐어질 정도로 작은 물체였다. 나는 내가 본 것이 맞는지 거듭 확인해야 했다.

"탱탱볼?"

"빙고."

그가 탱탱볼을 흔들자 안에 내재되어 있던 청색광이 사방으로 뿜어져 나왔다.

"딸이 태어나 처음으로 갖고 놀았던 장난감입니다."

딸은 아빠와 함께 어둠 속에서 빛나는 탱탱볼을 주고받으며 노는 것을 좋아했다. 딸이 아빠를 따라 우주 비행사라도 될까 봐 무서웠던 아내는 남편이 우주 이야기를 하는 것을 한사코 반대했다. 하지만 그 놀이를 하는 시간 동안만큼은 어쩔 수 없었다. 그 빛을 우주에 빗대는 것 외에 달리 어떻게 표현할 수 있을지 몰랐기 때문이었다. 이제 딸은 어엿한 성인이 되었고 탱탱볼 같은 건 까맣게 잊어버린 지 오래였다. 그녀는 명성 높은 대학을 졸업한 뒤 곧바로 대학원에 들어갈 정도로 학구열이 높았지만, 우주와 관련한 것에는 근처도 가지 않았다. 그녀는 어머니와 마찬가지로 우주 비행사라는 아버지의 직업을 원망하고 있었다.

"딸의 애착 장난감을 아직까지 가지고 있는 아빠. 좀 별로겠다는 생각이 나 역시 들지만, 뭐 어쩌겠습니까? 덕분에 지금 이렇게 사용할 수 있다는 게 중요하지."

"산소는 왜 저한테 다 몰아주신 겁니까? 미끼가 되다가 아예 죽으시려고요?”

“끝까지 가보자고 결심한 것뿐입니다. 그 끝에 무슨 풍경이 펼쳐질지 한번 봐보자고요.”

“환각작용으로 헛것을 보는 것뿐이에요.”

문호가 손에 있던 탱탱볼을 머리 위로 던져 올렸다. 난사하는 푸른빛이 공중에 높이 머물렀다가 그의 손안으로 떨어졌다.

“국장은 모든 걸 버린 자만이 이 일을 할 수 있다고 했지만 그건 틀렸어요. 믿음 없이 엘고나인에 올 수 있는 사람은 없으니까.”

게다가, 그는 내게 반박할 틈도 주지 않고 덧붙였다.

“나한텐 지금까지 살아온 시간이 더 헛것 같은데요.”

“그럼 제가 미끼가 될 테니까! 산소 다시 채우세요!”

“미안합니다.”

연결 튜브를 들고 산소통에 고정시키려 했지만 시야가 흐려지고 손이 떨려 자꾸만 빗나갔다. 분투하고 있던 나를 문호가 붙잡으며 말했다. 그는 웃고 있었다.

“나는 이제 혼자인 게 무섭네요.”

문호가 구멍을 향해 전속력으로 달려갔다. 목이 터져라 그를 불렀지만 가닿지 않았다. 라이프라인도 없이 구멍에 몸을 던진 그가 추락하는 동안 할 수 있는 일은 아무것도 없었다. 얼마 후 송신기에서 물결이 찢어지는 듯한 격렬한 충돌음이 들려왔다.

"김 닥."

문호가 나를 불렀다.

"보이는 것 같습니다, 내게도."

송신 범위를 벗어났는지 더 이상 목소리도, 조금의 잡음조차도 들려오지 않았다.

격렬한 지진과 함께 눈보라의 조짐이 주변을 잠식하기 시작했다. 바람이 거세지면서 얼음 알갱이들이 춤을 추듯 흩날리다가 급격히 휘몰아쳤다.

순식간에 사방이 하얀 장막으로 에워싸였다. 이제는 구멍이 있던 방향이 어디였는지조차 알 수 없게 되었다.

그리고 놈이 나타났다.

새하얗기만 한 지옥 속에서 마치 천사가 부는 나팔처럼 고세나이트의 뿔이 시야의 꼭대기에 우뚝 솟아올랐다. 무엇에 홀리기라도 한 것처럼 내 발이 저절로 움직였다. 정면으로 불어오는 바람 때문에 마음처럼 속도를 내기가 어려웠다. 마치 엘고나인이라는 행성 전체가 나를 밀어내려는 것 같은 느낌마저 들었다.

송신기에서 들려오는 사람의 목소리는 더 이상 없었지만 그 대신 엘고나인이 내리는 불호령으로 두 귀가 먹먹했다. 단 한 번도 너희를 허락한 적 없다는 듯, 쉴 새 없이 몰아치는 눈보라가 내게 매질하며 꾸짖는 것만 같았다.

고세나이트의 뿔이 수직으로 하강했다. 마치 칼로 베어내듯 눈보라가 양쪽으로 갈라지면서 그 사이로 고세나이트의 모습이 선명하게 나타났다. 놈은 온몸을 비틀며 경련을 일으키고 있었다. 지금까지 지켜본 바에 의하면 무언가를 삼킨 직후에 나타나는 증상이었다.

고세나이트에 대한 정보를 모으면 모을수록 깨달은 사실이 한 가지 있었다. 두꺼운 얼음을 방패 삼아 대부분 시간에는 모습을 드러내지 않는 고세나이트의 그것은 어딘가 많이 봐온 익숙한 습성이었다. 그것은 나를 닮았다기보다도, 내가 하진의 기억들을 간직하는 방식들과 닮아있었다. 나는 내 안에 흐르는 바다에 하진이 마음껏 헤엄칠 수 있게 해놓고, 외부의 공격으로부터 보호하기 위해 단단한 얼음층을 긴 시간 공들여 쌓았다. 그러다 인간의 힘으로는 결코 뚫을 수 없는 지경이 되고 나서야 깨달았다. 죽은 하진은 언제까지고 바닷속에서 살 수 있었지만, 살아있는 나는 숨을 쉬기 위해 바깥으로 나와야 한다는 사실을.

뿔이 부러지는 위험을 감수하고서라도 얼음층을 뚫고 지표면으로 나오는 고세나이트는 바로 그런 점에서 나와는 결정적으로 달랐다. 고세나이트가 과연 숨을 쉬기 위해 지상에 나오는 것인지조차 확실하지 않았지만 한 가지 분명한 사실은, 녀석에게는 어둠 속에 머물러야 하는 이유와 빛 속으로 나와야 하는 이유가 모두 있다는 것이었다.

계속 경련하던 고세나이트가 갑자기 구멍을 향해 내달렸다. 녀석이 바다로 돌아가려 하고 있었다. 바람이 잦아들면서 이상할 정도로 평화로운 적막이 흘렀다. 아무래도 강한 원심력으로 인해 발생하는 저기압 구간, 태풍의 눈에 들어온 것 같았다.

지금이 기회였다. 빠르게 멀어져 가는 고세나이트의 꽁무니가 시야에서 사라지기 전에 달리기 시작했다. 모든 힘을 다해 달렸다. 이대로 폐가 찢어진다 해도 상관없었다. 고통으로 뒤틀리는 몸 때문에 가끔 방향을 잃은 고세나이트가 제자리에서 빙그르 돌았다. 녀석과의 거리를 조금씩 좁혀가는 동안 머릿속은 눈보라와 함께 하얗게 지워졌다. 무엇을 위해 이토록 죽을힘을 다해 뛰고 있는지 그 이유 역시 잊어버렸다. 이유를 찾아 헤맨 시간은 충분히 길었다. 반드시 너를 잡겠다. 더 이상 다른 이유는 없었다.

고세나이트가 구멍으로 대가리를 들이밀었다. 이어서 긴 몸통이 그 속으로 유연하게 빨려 들어갔다.

나는 계속 달리면서 고세나이트의 꼬리가 사선을 그리며 떨어진 구멍 속으로, 은빛 잔상이 짧게 머물다 사라진 깊은 암흑 속으로 몸을 던졌다.

떨어지는 순간이 마치 길게 늘어뜨린 비디오테이프처럼 느릿하게 펼쳐졌다. 이상한 나라의 앨리스는 구멍에서 떨어지기 직전 집에서 기르던 고양이에게 안녕, 작별의 인사를 건넸다. 언젠가는 이런 순간이 올 줄 알았다는 듯이. 슬퍼 말라는 듯이. 나 역시 멀어져 가는 구멍을 향해 인사했다. 비록 그처럼 예쁜 원피스를 입고 있지는 않았지만. 어둠 속에서 찻잔도, 괘종시계도, 흔들의자도, 주전자를 올려놓은 붉은 벽난로도 나타나지 않았지만. 어쩌면 이 통로는 앨리스의 동굴이 아니라 스틱스의 강일지도 몰랐다. 통로 끝에 나를 기다리고 있는 건 새로운 세계의 시작이 아닌 모든 세계의 종말일지도.

마침내 허공이 아닌 무언가에 도달했다. 내 몸은 깨지거나 부러지지 않았고 관통당하지도 않았다. 다만 나를 감싸 안은 바다가 있었다. 여러 장치가 달린 우주복 무게 때문에 내 몸은 누군가 발목을 잡아당기기라도 하는 듯 밑으로, 밑으로 가라앉았다.

잠시 후 작은 빛 조각 하나가 헬멧 앞으로 다가왔다. 재빨리 손을 뻗었지만 수줍은 요정이 날갯짓하듯 빛 조각은 스르륵 손아귀를 빠져나갔다. 그것은 자신만의 의지가 있는 별개의 존재처럼 둥실둥실 떠다녔고 붙잡으려는 나를 어딘가로 이끌었다. 나는 납덩어리 같은 몸을 이끌고 우습게도 헤엄을 시도했다. 의도와는 다른 방향으로 휘적거리는 팔다리가 아무렇게나 지어낸 체조를 하는 것처럼 보였지만 계속했다. 필사적으로 빛 조각을 뒤쫓았다. 닿을 듯 말 듯 거리를 유지하며 빛 조각은 거기 눈앞에 있었다. 마지막 힘을 끌어모아 빛 조각을 향해 손을 뻗었을 때였다.

수백만 개의 빛 조각들이 폭포수처럼 머리 위에서 쏟아졌다.

고개를 들었다. 쏟아지는 빛의 끝에서 고통스럽게 몸부림치는 고세나이트의 모습이 보였다. 기괴하게 비틀린 몸은 가끔씩 아래로 추락하다가 다시 솟아올랐고 머리의 위치가 수시로 바뀌었다. 그런 식으로 최대한 덜 고통스러운 자세를 찾고 있는 것 같았다. 그러나 경련은 도저히 멈출 기미가 보이지 않았고, 은빛 피부를 뚫고 우수수 떨어지는 빛 조각들은 고세나이트의 고통과 비례하는 아름다움으로 경이로운 풍경을 자아내고 있었다.

헬멧에 하나둘 달라붙기 시작한 빛 조각들이 어느새 시야 전체를 가릴 정도로 엉겨 붙었다. 마른세수를 하듯 헬멧의 표면을 쓸어 내렸다. 그래도 앞은 여전히 뿌옇기만 했다.

사방을 천천히 둘러보았다. 저만치 앞에 둥실 떠있는 누군가의 형상이 보였다. 처음에는 문호일지도 모른다고 생각했다. 고세나이트가 문호를 삼키지 않았거나 혹은 어떤 이유로 삼켰다가 도로 토해냈을 수도 있었다. 다급히 헤엄쳐 갔다. 빛의 장막을 휘두른 듯 모든 경계가 흐릿하게만 보였던 형상이 거리를 좁힐수록 선명히 모습을 드러냈다. 우주복을 입지 않은 가느다란 팔다리와, 부력으로 찰랑거리며 떠있는 긴 머리카락 같은 게 보였다. 도저히 문호일 수도, 다른 어떤 누구일 수도 없다는 사실을 깨닫기도 전에 나는 이미 그것 앞에 도착해 있었다.

하진이 미소 띤 얼굴로 나를 반겼다. 그녀의 얼굴을 더 자세히 들여다보기 위해 넘실거리는 머리카락을 바깥으로 걷어냈다. 눈이 마주친 하진은 장난기 어린 눈썹을 이마 위로 치켜올리고는 별안간 소리 내어 웃기 시작했다. 시시껄렁한 농담을 들을 때마다 하진은 그렇게 웃곤 했다.

멍하니 바라보고만 있는 내게 하진이 손을 내밀었다. 조심스럽게 그 손을 맞잡았다. 나는 더 이상 우주복을 입고 있지 않았다. 살과 살이 맞닿은 부분이 생생했다. 손가락과 손가락 사이가 겹쳤다.

우리는 빛의 폭포 아래에서 춤을 추듯 유영했다. 원하는 속도를 자유롭게 낼 수 있었다. 도망치듯 빠르게 물살을 밀고 나갔다가 순간적으로 모든 움직임을 멈추고 몸을 둥그렇게 말았다. 우리는 앞서거니 뒤서거니 하며 이끌고 싶은 곳으로 서로를 사이좋게 이끌었다.

"하고 싶은 말이 있었어."

머뭇거리는 나에게 하진이 다가왔다. 그녀가 내 뺨을 두 손으로 감쌌다.

진심을 말하는 순간 그녀가 떠날지도 모른다고 생각했다. 하지만 그 모든 위험을 짊어지고서라도 반드시 말해야 하는 순간이 있었다. 눈부시게 아름다웠던 웨딩로드 위 기꺼이 맹세를 배반할 준비가 되어있었던 너에게. 네가 부재하는 미래에 다녀오겠다고 하자 정말 그게 전부냐 물었던 너에게. 결코 얼버무리지 않고 대답해야 했다. 너에겐 그럴 자격이 있었으니까.

두 팔 벌려 하진을 끌어안았다. 몸의 움푹 파인 부분과 튀어나온 부분이 빈틈없이 맞물렸다.

"사랑해."

자음과 모음이 기포로 부서졌다.

우리는 네 개의 팔로 서로의 머리와 등을 감쌌다. 동시에 눈이 아려올 정도로 강한 빛이 우리를 감쌌다. 그건 다른 무엇의 것도 아닌 우리 스스로 내는 빛이었다.

그렇게 큰 강함은 필요 없어.

상처받아도 괜찮아.

그건 우리의 어떠한 결함도 되지 못할 거야.

납덩어리처럼 무거운 우주복의 감촉이 돌아왔다.

한때 부드럽고 따뜻한 부피를 가졌던 무언가가 내 품에서 서서히 투명해져 갔다.

감았던 눈을 뜨는 데에는 약간의 시간과 용기가 필요했다. 이윽고 앞을 바라보았다. 어둠 속에서 거대한 똬리를 틀고 있는 고세나이트의 모습이 보였다. 세포 하나하나가 깨어나듯 곤두섰다. 본능적으로 알 수 있었다. 놈이 기다리는 것은 나였다.

머리 위에서 거대한 아가리가 육각으로 펼쳐졌다. 금방이라도 짓뭉개질 것 같은, 인간으로서 감히 감당할 수 없는 압박이 엄습했다. 오른쪽 팔을 휘저어 황급히 방향을 틀었다.

고세나이트의 아가리가 아슬아슬하게 헬멧 옆을 스쳐 지나
갔다. 미처 숨을 돌릴 틈도 없었다. 곧바로 궤도를 바꾼 고세
나이트의 아가리가 다시금 나를 향해 전력으로 다가왔다.

나는 계속해서 내려갔다. 무서운 기세로 뒤쫓아 온 고세나
이트가 다시 한번 아가리를 육각으로 펼쳤을 때, 나는 아래
로 향했던 머리의 위치를 바꾸어 위로 솟아올랐다.

두 팔로 고세나이트의 몸통을 붙잡았다. 끊임없이 수축하
고 이완하는 손가락 모양의 촉수들이 응답하듯 일제히 내게
달라붙었다. 고세나이트는 헤엄의 방향을 이리저리 바꾸며
나를 떼어내기 위해 온몸을 비틀었지만, 행여 놓칠세라 엄청
난 흡착력으로 나를 붙잡은 것 또한 고세나이트였다.

잠시 후 고세나이트가 물살을 가르며 수직으로 올라가기
시작했다. 마치 지구의 대기권을 처음 벗어났을 때 느꼈던
것과 비슷한 메슥거림이 찾아왔다. 어마어마한 속도로 올라
가는 동안 갑옷과도 같았던 우주복, 심지어 피부까지도 하나
둘 떨어져 나가는 느낌이 들었다. 해수면에 가까워졌을 때
내 영혼은 낱낱이 발가벗겨져 있었다.

구멍 바깥으로 나왔다.

물속과는 비교할 수 없을 정도로 딱딱한 얼음 위를 굴렀다.
흠씬 두들겨 맞은 듯 사지가 욱신거렸다. 눈보라는 멎었고

빙판 위에는 고요가 내려앉았다.

카트를 타고 서리빛호로 돌아갔다. 제일 먼저 긴급 복귀 프로토콜을 실행시켰다. 그 뒤 준비를 간단히 마치고 동면실로 향했다. 만신창이가 된 우주복을 벗어 내리고 실오라기 하나 걸치지 않은 몸을 캡슐에 뉘었다.

생체 안정화를 하고 마취제를 투여하기 전 나는 시스템에 접속해 설정 하나를 추가했다. 동면할 때 사용자가 쓸 수 있는 여러 기능 중 하나로, 문호가 귀퉁이를 접어놓았던 매뉴얼 북 페이지에 나온 것이었다.

"동면 해제 시 기억이 곧바로 돌아오지 않을 경우를 대비해 가장 처음 듣게 될 말을 설정할 수 있습니다."

중앙 컴퓨터의 낭랑한 목소리가 울려 퍼졌다.

"삐 소리가 나면 녹음을 시작해 주세요."

나는 마지막까지 바닷속에서 놓치지 않으려고 죽을힘을 다해 쥐고 있던 주먹을 조심스레 펼쳤다. 푸르스름한 빛을 간헐적으로 내뱉는 작은 탱탱볼이 그 안에 있었다.

잠시 후 삐 소리가 들렸고 나는 이 이야기에서 마지막으로 하게 될, 그리고 아마도 처음으로 듣게 될 인사를 건넸다.

　　　　　이길 수 없는 것 앞에서 끈질기게
버티고 서있는 여자의 이야기를 써야겠다고 생각했다. 그걸
쓰지 않고는 다음으로 넘어갈 수 없겠다고.

지구를 떠난 그가 외딴 행성에서 사투를 벌이는 이야기를
쓰는 동안 나도 함께 사투를 벌였다. 이야기 하나에 통과해
야 하는 고통도 하나. 언젠가부터 두렵고, 싫고, 지겹고, 겁나
고, 쓰기도 전에 공허하지만. 그럼에도 써야 한다는 걸 알고
있었다.

쓴다.

쓰고 나면 잘했다는 생각이 든다.

고통과 수치를 느끼는 마음이 무뎌지지 않았음에 안도한다.

책이라는 외피를 갖기 이전부터 모닥불처럼 이 이야기 곁에 하나둘 모여앉아 주었던 나의 수호신이자 친구들, 가족들 그리고 나의 영원한 짝꿍 유훈 씨에게 감사를 전한다.

더불어 이 이야기를 손 안에서 끝까지 놓지 않아준 모든 분들께도.

몇 만 자의 혼잣말이 되지 않게 해주어 감사드린다.

단지 좋은 이야기꾼이 되고 싶다.

2025년 12월

심정민

추신

몸과 마음 모두 아팠던 문희 언니 그리고 불합리 앞에서 맨몸으로 대처해야 했던 모든 동료들의 잠 못 이루던 밤들에게.

알아요.

우리 모두 그것보단 나은 대우를 받았어야 했지요.